1cm 다이빙이란

현실에서 딱 1cm 벗어날 만큼 작은 행복.

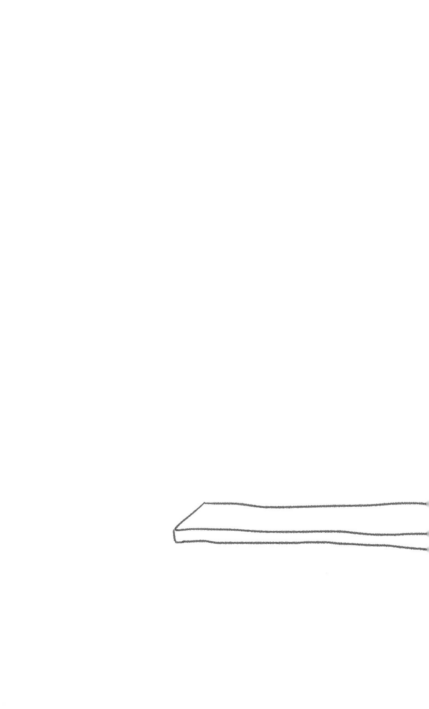

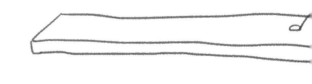

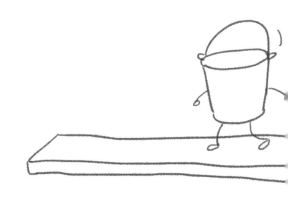

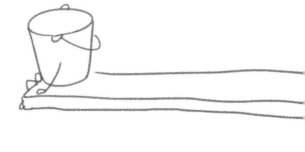

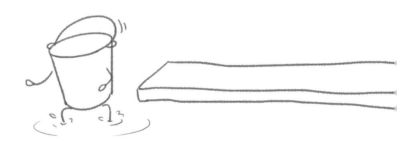

1 cm Diving

다이빙 트랙

프롤로그

1cm 정도는 괜찮잖아

1cm 정도는 괜찮잖아

살면서 이렇게 욕을 먹은 건 처음이다. 이토록 한심하게 쳐다보는 가족들의 눈초리도 받아본 적 없다. 나는 올해 서른이다. 결혼을 4개월 앞두고 있고, 퇴사했다.

처음 회사를 관둔다 말했을 때 할머니의 반응은 의외였다. "그래, 네가 결정했으면 그렇게 해라." 생각보다 담담한 반응에 놀라 말 못 했지만, 고마웠다. 누군가는 이유 없이 받아주길 바랐기 때문이다. 다음날 할머니는 물었다. "진짜 관둘 거니?" 또 다음 날 물었다. "너는 애가 도대체 어떻게 하려고 그러니." 그다음 날은 묻지 않았다. "태수는 무슨 생각으로 사는지 모르겠다." 문득, 1년 전 할머니가 해준 말이 떠올랐다.

"부지런히 놀고 살어."

할머니는 하고 싶은 게 없다고 했다. 자식새끼들 키울 적엔 하루에도 열두 개씩 생각났는데, 제 살길 보내고 나니 다 까먹었다고 했다. "미루다 보면 잊는 법이다." 구십 둘 할머니의 인생 조언이 무겁게 다가온 이유다.

하지만 이렇게까지 크게 놀 줄은 몰랐던 걸까. 서른 살 손주 놈의 통 큰 일탈에 할머니는 자신의 명언을 1년 만에 번복했다. "노는 것도 뭐가 있어야 놀지."

처음엔 비슷하게 생각했다. 행복이란 건 비행기표를 끊고 바다에 놀러 가 뛰어내리는 다이빙 같은 거라 생각했다. 그래서 대출금에 허덕이느라 쥐뿔도 없는 내겐 사치라 여겼고.

그런데 이런 생각도 들었다. 내가 쓸 수 있는 돈은 앞으로 더 없어질 거다. 시간도 그렇고, 여유도 그렇고, 용기는 말할 것도 없다. 행복에 필요한 모든 요소들은 해가 갈수록 줄어들 것이다.

그렇다면 나는 어떻게 해야 할까. 돈도 없고, 시간도 없고, 여유도 없고, 용기도 없는 나는, '그냥 이런 게 인생입니다' 라고 하며 살아야 하는 걸까. 싫었다. 없으면 없는 대로 인생을 즐기는 방법을 찾고 싶었다. 그게 7m, 5m, 아니 1m는커녕 동네 목욕탕에서 하는 1cm짜리 다이빙 밖에 되지 않는다 해도.

퇴사하기 전, 아내와 약속한 시간 4개월. 필요한 것은 정해졌다. 나는 동료를 찾기로 했다.

8월 9일 금요일, 떨리는 마음으로 전화기를 들어 말했다.

"문정 씨, 재미있는 아이디어가 하나 떠올랐는데요… 혹시 같이 해볼 래요?"

1cm 다이빙. 이 프로젝트는 그렇게 시작되었다.

그 동료가 하필

"그럴까요?" 대답하는 건 생각보다 오래 걸리지 않았다. 그런데 이 사람이 나에 대해 아는 건 내 전화번호밖에 없었던 것 같다. 당시의 난 더 이상 나빠질 것도 없는 상태였다.

50분에 6만 원, 처음 심리상담을 받기로 결심했을 때 듣게 된 가격이다. 2년 전 퇴사를 한 뒤로 나는 계속해서 우울한 감정을 느꼈다. 정확히 왜인지는 모르겠다. 회사에서 대표가 쏟아냈던 안 좋은 말들 때문일 수도 있고, 앞에선 아무 말도 못 했으면서 이제와 밤만 되면 침대를 걷어 차는 나 때문일 수도 있다. 회사의 문제인지, 집안의 문제인지, 그냥 내 성격 문제인지. 정확히 뭐 때문인지 나는 끝끝내 알지 못했다.

가끔씩 병원을 권하는 친구들도 있었지만 그러고 싶진 않았다. 내 생각에 치료받을 만큼의 우울증이라면 정말 죽을 만큼 우울해야 할 것 같은데, 나는 종종 웃기도 했고, 먹을 것도 먹었고, 집 밖으로도 나갔다. 다만 집에 돌아오면 머리끝까지 이불을 뒤집어쓰고 있었다는 게 문제였다. 결국 참다못한 엄마가 말했다.

"방에서 나오지 않아도 되니까, 얼굴만 보여줘."

병원은 못가도 상담은 받아봐야겠다고 생각한 이유다. 그리고 그때 듣게 된 말이 50분에 6만 원이었다. TV에서 보던 심리상담 선생님들은 누구나 포근하게 안아줄 것 같았는데, 내 염치없는 팔이 졸지에 갈 곳을 잃었다.

태수 씨에게 전화가 걸려 온 것도 그때쯤이었다. "문정 씨, 제가 재밌는 아이디어가 떠올랐는데요." 솔직히 그리 재밌진 않았다. 오히려 어딘가 허술하고 불안한 느낌이었다. 그렇지만 그냥 그런 생각이 들었다. '여기서 더 나빠질 것도 없잖아.'

물론 이 모든 걸 태수 씨는 알지 못했고, 2019년 8월 9일 오후 2시 걸려온 전화에 나는 이불을 걷고 나와 이렇게 대답했다.

"… 그럴까요?"

철없는 중학생 같은 서른 살과, 세상 다 산 것 같은 스물여섯.
우리의 위험한 프로젝트는 그렇게 시작되었다.

1cm 다이빙 참가자를 위한 안내서

 먼저, 여기까지 읽은 당신에게 해주고 싶은 말이 있다. 축하한다. 당신은 세 번째 참가자로 선정되었다.

이것은 2019년 8월 9일 각기 다른 문제에 시달리던 두 명이 시작한 프로젝트로, 바라는 것은 별게 아니었다. 일상에 타격 없을 만큼 작은 행복. 아무것도 없지만 멋은 있고 싶었던 우리는 프로젝트의 이름을 이렇게 정하기로 했다. '1cm Diving'

처음엔 한 달간은 좋아하는 일을 해보면 답이 나올 것 같았다. 그러나 우리는 첫날, 바로 곤경에 처하게 된다. "내가 좋아하는 게 뭐였지 …?" 이것저것 해보며 찾아가기엔 돈도 없었다. 별 수 없이 카페에서 물었다. "그럼, 스마트폰보다 재밌는 건 있어요?"

이 책에는 실제 다이빙하는 내용은 나오지 않는다. 별 것 없는 행복을 찾기 위한 궁상맞은 몸부림이 나올 뿐이다. 우리는 이 책을 찾아온 당신에게도 그 과정이 꼭 필요할 것이라 믿는다. 마지막으로 시작하기 전, 안내서를 첨부한다.

1. 1cm 다이빙이란

실제로 하는 다이빙은 아니고, 비유다. 그러니까 풀어서 설명하자면 이렇다. 현실에서 딱 1cm 벗어날 만큼 작은 행복.

2. 준비물

1cm짜리 다이빙에도 준비가 필요하다. 일단 당신이 어떤 사람인지 알아야 한다. 즐거운 걸 하기 위해서는 먼저 어떨 때 즐거운지 알아야 하기 때문이다.

3. 기대효과

아마 이 프로젝트가 당신의 삶 중 거대한 부분을 바꿀 수 있을 것 같지는 않다. 시작이 너무 작고 초라하기 때문이다. 다만, '이제 내 인생에서 즐거운 일은 없어'라고 생각했던 우리 조차 바뀐 것을 보면, 당신도 바뀔 수 있지 않을까.

3호의 시작일지

[   ]

시작일지는 지금 채우지 않아도 괜찮습니다.
다만 이 책이 당신을 위해 만들어졌음을 기억해주세요.

1장. 제자리 뛰기

예열이 필요해

스마트폰보다 재미있는 거 있어요?

"문정 씨, 우리 일단 이거부터 생각해보면 어때요?"

"어떤 거요?"

"혹시 스마트폰보다 재밌는 건 있어요?"

"… 저 스마트폰 하루에 8시간씩 하는데요.."

"‥"

스마트폰보다 치명적인 존재

스마트폰으로 못하는 게 없는 세상이다. 티브이를 볼 수 있고 음악도 들을 수 있으며, 책도 읽을 수 있다. 심지어 친구까지 만들 수 있고. 아마 그래서 우린 하루 평균 두 시간이 넘게 플라스틱 네모를 붙잡고 있나 보다. 나쁜 걸 알지만, 몸에 안 좋은 게 더 재밌다는 건 부정할 수 없는 사실이니까. 스마트폰은 질병이다. 그것도 아주 맛있는 질병.

그런데 얼마 전부터 그보다 더 치명적인 녀석이 나타났다. 약 9,000년 전부터 인간 위에 군림한 생명체. 고양이다. 이 녀석은 성격부터 유독하다. 오라고 하면 죽어도 안 오고, 만지려 하면 유연한 몸으로 부드럽게 빠져나간다. 반대로 축 처져 티브이나 보고 있으면 어느새 옆에 와 골골송을 불러 댄다. 아찔하다. 이 생명체가 위험한 이유는 이것만으로 충분할 테지만, 진짜 이유는 따로 있다.

나는 고양이 알레르기다. 정확히 말하자면 고양이 타액 알레르기. 악성이다. 모든 고양이는 단 1시간 만에 내 눈을 죠리퐁 모양으로 만들 수 있다. 여섯 살 때 이별한 코 찔찔이를 소환하는 건 그리 어려운 일도 아니다.

처음 고양이를 만지게 된 날, 나는 온몸이 부어 올라 응급실까지 갈 뻔했다. 그러니 스마트폰 따위가 비교가 되겠나. 1분 1초가 골든 타임인 거다. 제한된 시간 안에 조금이라도 더 자주 쓰다듬고, 조금이라도 많이 엉덩이를 토닥여줘야 한다. 스마트폰 따위에 낭비할 여유는 없다는 말이다.

스마트폰 안에는 모든 게 있다. 책도 있고 음악도 있고 영화도 있다. 그런데 고양이는 없다. 다행이라 말하기도 웃긴 이 상황이 나는 좋다. 스마트폰보다 치명적인 게 생겨서는 아니다. 단지 좋아하는 게 뭐냐는 말을 무엇보다 싫어했던 내가, 30분이 넘도록 설명할 게 생겼기 때문이다. '스마트폰보다 재미있는 게 있을까.' 이것만큼 어려운 주제가 없다는 것을 안다. 하지만 그래도 답하고 싶었던 이유는, 언제나 카톡 속 ㅋㅋㅋ가 아닌, 실제로 웃을 수 있는 상황을 바랐기 때문이 아닐까.

요즘은 스마트폰 없이도 생각할 거리가 있다. 어색한 사람을 만나면 대화할 주제도 생겼다. 작지만 단단한 게 생긴 기분. 이거 나쁘지가 않다.

그런 게 있을 리가 없잖아요

아이폰에는 '스크린 타임'이라는 기능이 있다. 하루 동안 사용한 스마트폰 시간을 보여주는 기능인데, 인터넷에서 이 스크린 타임이 4시간이라고 떠서 자괴감을 느꼈다는 글을 봤다. 내 스크린 타임에 찍힌 숫자를 확인해봤다. 6시간, 아직 저녁이 되기도 전이었다. 이상하게 헛웃음이 나왔다.

어떤 날은 8시간, 어떤 날은 10시간씩도 스마트폰을 사용하는 나였다. 그래도 고양이라는 말에는 고개가 끄덕여졌다. 고양이는 정말 귀엽고, 길고양이라도 만나는 날엔 스마트폰은 그저 그들의 귀여움을 촬영하는 도구가 되니까. 그렇지만,

"저는 없는데요?" 앞에서 열변을 토하던 사람이 실망하는 게 느껴졌다.

그런 게 있으면 제가 스마트폰을 하루 종일 붙잡고 있겠어요… 라고 말하고 싶은 마음이 굴뚝같았지만, 시작부터 찬물을 끼얹을 수는 없었다. 우선 이 첫 번째 난관을 벗어나기 위해 뭐라도 생각해내야 했다. 그러자 이런 생각이 떠올랐다.

'내가 스마트폰을 내려놓는 순간은 언제지?'

맥주 마실 때. 아니다, 이걸론 좀 약하다. 나는 한 손으로 맥주를 마시면 곧바로 다른 손으로 스마트폰을 휘적거리는 중독자였다.

그렇다면 맥주 마시면서 영화 볼 때는? 내가 좋아하는 것 두 가지를 꼽자면 영화와 맥주니까. 곰곰이 생각해보니 그 두 개를 동시에 하는 순간만큼은 스마트폰을 보지 않았다. 냉장고에 영화 보면서 마실 맥주를 채워 놓을 때면 그렇게 든든할 수가 없었다.

스마트폰보다 재미있는 것. 한가로운 평일 오후, 카페에 마주 앉아 서로 이런 걸 물어보고 있는 상황이 무언가 찜찜하지만 나는 이렇게 적기로 했다.

'이따 집에 가서 맥주 한 캔 따고 싶다, 미뤄놨던 라따뚜이 보면서.'

당신에게도 있나요?

Q. 스마트폰보다 재밌는 거 있어요?

당신에게 찾아온 첫 질문입니다. 적지 않아도 좋아요.
그냥 생각해보세요. 그리고 해보세요!

1호의 추가답변:
농구, 만화책, 소설, 별그대, 미생.

2호의 추가답변:
강아지, 게임, 샤워, 날씨 좋은 날 한강 가기.

30초 안에 기분이 좋아져야 한다면

"문정 씨, 만약에 30초 안에
기분이 좋아져야 한다면 뭐 할 거예요?

"30초는 너무 짧은 거 아니에요?
태수 씨는 뭐 할 건데요."

"저는, 노래 들을 거예요.
전주만 들어도 기분 좋아지는 노래들 있잖아요.
문정 씨도 그런 노래 있어요?"

"음...저는 비밀의 화원이요."

우울증이 걸린 친구를 위해 만든 노래

밖에서 너무 우울한 기분에 휩싸였던 날이 있다. 그날은 정말 집까지 돌아갈 자신이 없었다. 그런데 랜덤 재생으로 흘러나온 '비밀의 화원' 이라는 노래에 삽입된 박수소리를 속으로 '짝짝' 하고 따라 하다 보니 어느새 집 앞이었다. 그 뒤로는 힘든 날에 항상 이 노래를 들었던 것 같다.

나는 원래 힘든 날엔 그만큼 더 우울한 노래를 들었다. 하지만 올해가 되어서는 조금 밝은 분위기의 비밀의 화원을 반복 재생한다. 비밀의 화원을 듣고 있으면 가끔 그런 생각이 들었다. '나 응원해 주려고 만들어진 노랜가?'

그런데, 실제로 비밀의 화원은 가수 이상은 님이 '우울증이 걸린 친구를 위해 만들었던 노래' 였다고 한다. 그걸 알고 나서부터는 이 노래를 더 좋아하지 않을 수 없었다. 나 말고도 이 노래에서 치유의 감정을 느꼈다는 사람들이 많았다. 한 번씩 찾아오는 우울함과 무기력증을 쫓아 버려주는 노래라고 해야 되나.

나는 이 노래의 가사가 참 좋다. 노래 한 곡이 이미 망쳐버린 기분을 되돌려주진 않지만, 이 노래의 가사를 들으면 굽어 있던 어깨를 조금 펴게 된다. 숨을 천천히 쉬어 보게 된다. 그렇게 최악은 아니지 않을까 하는 생각을 하게 된다.

[비밀의 화원 - 이상은]

어제의 일들은 잊어
누구나 조금씩은 틀려
완벽한 사람은 없어
실수 투성이고
외로운 나를 봐

하루하루
조금씩 나아질 거야
그대가 지켜보니
힘을 내야지
행복해져야지
뒤뜰에 핀 꽃들처럼

요즘 노래보다 옛날 노래가 더 좋은 나, 아재일까요?

BTS를 처음 본 건 2018년 엠넷 뮤직 어워드에서였다. <아이돌>이라는 노래에 탈춤, 꽹과리, 징, 부채춤 등을 입혀 진행한 공연이었는데, 보다 보니 그런 생각이 들었다. '이거 국위 선양이네' 무대는 전 세계로 송출되었고 해외에서도 지속적으로 회자되었다. 2019년, 김치와 지성팍에 이은 새로운 질문이 탄생한 것이다. "Do you know BTS?"

하지만 아쉽게도, 요즘 내 마음을 뺏은 주인공은 그들이 아니다. 1996년과 1994년, 혜성처럼 등장한 댄스 가수. UP와 투투. 25년 전 오렌지 족의 아이돌이었던 분들이 이제와 좋아진 이유는 별게 없다. 이 형님들, 행복할 줄 안다.

형님들은 여름이면 바다를 간다. 요트나 크루즈, 그딴 건 안 탄다. 그냥 해변에 놀러 가 물장구를 치고 노래를 부를 뿐이다. 사랑 노래는 또 어떠한가. 마로니에 누나의 <칵테일 사랑>을 들어봐라. '마음 울적한 날에 거리를 걸어 보고 향기로운 칵테일에 취해도 보고. 한 편의 시가 있는 전시회장에 가고, 밤새도록 그리움에 편지를 쓰고 파.' 멋있지도 파격적이지도 않다. 그저 이런 기분이 들뿐이다. '나도 저랬는데...'

물론 이런 취향이 갑자기 생긴 것은 아니다. 최근까지도 나는 SKY의 <영원>을 들었고 뱅크의 <가질 수 없는 너>를 불렀다. 하지만 이제는 어쩐지 돌이킬 수 없게 된 것 같다. 샤프의 <연극이 끝난 후>를 다시 듣게 된 나는, 트와이스와 블랙핑크, 심지어 레드벨벳의 노래까지 들을 수 없게 되었다.

2014년, 무한도전 토토가를 보며 많은 사람들이 울었다. 댄스 음악을 들으며 운다… 이상해 보였던 그 광경이, 이제는 이해가 된다. 그 시절 음악을 들으면 내 어린 시절이 떠오른다. 멋도 없고 돈도 없지만, 별 것 아닌 것에 웃을 수 있던 그 시절이.

한스밴드 <오락실>, UP <뿌요뿌요>, 에코 <행복한 나를>. 이런 노래를 듣는다고 하면 어딜 가도 아재 소리를 들을 거다. 노래 추천은 더더욱이 할 수 없을 거고. 하지만 이제는 부정할 수가 없다.

우울한 날이면, 나는 자연스럽게 이어폰을 낀다. 그리고 아무도 모르게 리듬을 타고 잘 들리지도 않게 외친다.

'이제는 웃는 거야 스마일 어게인, 행복한 순간이야 해피 데이.'

  1) 동물원, 혜화동
좋아하는 가사 : 덜컹거리는 전철을 타고 찾아가는 그 길. 우리는 얼마나 많은 것을 잊고 살아가는지.

  2) 자두, 대화가 필요해
좋아하는 가사 : 대화가 필요해. 우린 대화가 부족해. 서로 사랑하면서도 사소한 오해 맘에 없는 말들로 서로 힘들게 해.

  3) 한스밴드, 오락실
좋아하는 가사 : 시험을 망쳤어. 오 집에 가기 싫었어. 열 받아서 오락실에 들어갔어. 어머 이게 누구야. 저 대머리 아저씨 내가 제일 사랑하는 우리 아빠.

제한 시간 30초, 당신이 선택할 노래는

Q. 30초 안에 기분이 좋아져야 한다면

언제든 할 수 있다면,
지금 해도 된다는 뜻이지

"태수 씨, 이번에는 제가 질문해볼 게요."

"오, 뭔데요?"

"맨날 다음에 다음에 하면서 미뤄온 거 있어요?
되게 사소해서 오히려 안 한 거요."

"음… 몇 개 있긴 한데요, 하나만 말해야 되는 거죠?"

"일단 하나만요."

"그러면…"

나에게만 없는 하루

예전에는 동네에 하나쯤 향토 패밀리 레스토랑이 있었다. 비개인 날, 구름 달빛처럼 이름에서부터 50대 아재의 찐득한 향기를 느낄 수 있던 그곳. 어린 시절, 그곳을 지나칠 때면 생각했다. '이다음에 돈 많이 벌면 맨날 와야지.' 가격도 이름도 고풍스럽지는 않지만 고기를 칼로 썬다. 그 것만으로도 내게는 신세계였다.

생각보다 기회가 빨리 온 건, 우리 반 반장 때문이었다. 좋은 샴푸 향이 나는 아이였다. 반장은 '내 생일에 함께 해줄래?' 라고 적힌 파티 초대 장을 나눠주었다. 하나 둘, 사라져 가는 초대장 속에서 나는 막차를 탈 수 있었다.

접시 안에는 핏기 가득한 고기가 있었다. 이거, 배탈 나는 거 아닌가. 라고 걱정했지만, 멀리서 친구 한 놈이 말했다. "야, 피가 많이 나오는 게 좋은 거야." 나는 찐 감자에 올려 고기를 얼른 삼켰다. 파스타라는 면 요리도 있었는데, 외제라 그런지 확실히 맛이 좋았다. 생일 파티란 이런 거구나. 꿈꿔왔던 신세계는 기대만큼 멋졌다.

그날 이후 우리 반에는 생일파티가 유행했다. 기본은 집에 초대해 짜장면과 탕수육을 먹는 것이었고, 조금 잘 산다 하면 피자와 치킨이 등장했다. 물론 아쉽게도 내 차례는 오지 않았다. 돈이 없어서는 아니다.

그냥 해본 적이 없었다. 일흔 살 할머니도, 열 살 나도 생일 파티는커녕 생일 축하 한 번 해보지 못했다. 무서웠다. 치킨 하나 잘 못 시키는 우리를 친구들이 거지라고 놀릴까 봐.

그래서 오늘은 내게 참 특별하다. 우리 집에서도 생애 처음으로 생일파티가 열렸기 때문이다. 내 생일은 아니고 매형의 입에서 시작된 누나의 생일파티다. 가족들은 저마다 '우리 집은 이런 거 안 하는데…' 라며 손사래를 쳤지만 내심 기쁜 마음을 감출 수는 없었다.

집 앞 빵집에서 산 케이크에 32라고 적힌 촛불을 꽂았다. 쑥스럽지만 축하 노래를 부르고 초의 불을 껐다. 고깔모자를 쓴 누나의 모습도 카메라에 담았고. 첫 생일 파티를 넘어 첫 생일 파티 사진이라니. 별것도 아닌거에 뭉클하니 나도 참 주책이다.

그 옛날, 10살의 나는 뭐가 그렇게 무섭고 창피했을까. 눈 딱 감고 솔직하게 말했으면 됐는데… 올해는 나도 생일파티를 해보고 싶다. 처음이라 어색하고 서툴 테지만, 가족들과 함께 말하고 싶다.

생일 축하합니다 생일 축하합니다 ♬

죽고 싶지만, 브런치 작가는 되고 싶어

'작가님' 생계유지를 위해 간간히 받았던 외주 작업 중, 나는 그 호칭을 들을 때면 유독 속이 답답해짐을 느꼈다. 어느 날은 회의 중에 참지 못하고 이렇게 말했다. "저는... 마케터예요." 작가라는 호칭이 싫어서는 아니고, 일종의 주제 파악 같은 거랄까.

내가 생각하기에 작가는 그렇게 쉽게 불려서는 안 되는 호칭이었다. 내게 작가란 '자기 글'을 쓰는 사람인데, 나는 '내 글'이라는 게 도대체 어떻게 생겨 먹은지도 몰랐다. 다른 사람의 이야기를 정리해주거나, 다른 사람이 만든 제품을 홍보하는 일을 하다 보니 그건 따지자면 내 글이라기보단 남의 글에 가까웠다.

그동안 하고 싶은 게 뭐냐고 누가 물으면 잘 대답하지 않았지만 사실,

고백하자면 한 가지가 있긴 했다. 가끔 조심스레 대답하던 말. "나 카카오에서 운영하는 브런치라는 사이트가 있는데, 거기 글을 올려보고 싶긴 해."

혹자는 말했다. 죽고 싶지만 떡볶이는 먹고 싶다고. 내 경우엔 떡볶이를 먹기보단 브런치 작가가 되고 싶었다. 직업과 상관없이 자유롭게 작가로 활동하는 그곳이 마음에 들었다. 그러면서도 쉽사리 시작하지 못했던 이유는 브런치 작가가 되려면 작가 심사라는 걸 통과해야 했기 때문이다.

그리고 오늘 아침, 나는 드디어 작가 신청 버튼을 누를 수 있었다. 사실 브런치 작가가 되고 싶다고만 쓰고 글을 끝내려고 했는데, 항상 바쁘다는 핑계로 미루기만 한 것 같아서 생각난 김에 브런치에 들어가 작가 신청까지 끝내 버렸다.

신청은 30분 정도 걸렸다. 그동안 30분이 없어서 못했던 건가 싶어 허탈하기도 했다. 신청해보니까 뭐, 별 것도 아닌데..? 이렇게 간단할 줄 알았으면 떨어지더라도 진작에 한 번 눌러볼 걸 그랬다. 사람들이 나보고 기분이 좋아 보인다는데, 막 그 정도까진 아니다. 그냥 메일함 정도만 계속 들락거리고 있는 정도…. 빨리 브런치에서 심사 완료 메일이 왔으면 좋겠다.

언제든 할 수 있다면 지금 해도 된다는 뜻이지!

Q. 다음에, 다음에 하면서 미뤄왔던 거 있나요?

이거, 해본 적 없을 걸?

"아, 태수 씨 이건 진짜 해본 적 없을 걸요?"

"어떤 건데요?"

"스스로한테 선물하는 거요.

저 친구들한테 선물하는 거 좋아하는데,
정작 저한테는 뭘 선물해본 적이 없었어요.
그냥 그때그때 필요한 것만 사봤지.

근데 최근에 한 번 해봤는데 좋더라고요.

이번에는 나한테 줄 선물
계획해보면 어떨까요."

나도 사실 FLEX 해보고 싶었어

홍대에 놀러 갔다가 맘에 드는 안경테를 발견했다. 가볍고, 평소에 써 보고 싶던 모양의 아주 멋진 안경테였다. 곧 살 것처럼 몇 번이나 거울을 보며 썼다 벗었다를 반복했지만 결국 그 안경테를 사지 못한 것에는 두 가지 이유가 있었다.

첫째, 15만 원이었다. 둘째, 더 중요한 이유인데 나는 라식을 했다. 수술까지 해서 시력을 높여 놓고는 도수 없는 안경에 15만 원이나 쓸 수는 없었다. 그냥 잊기로 했다.

올해 나에게 가장 슬픈 소식은 눈이 많이 안 좋아졌다는 것이다. 뒤늦게 안과에 가서 시력이 안 좋아졌다는 확인을 받았다. 근시퇴행이라는 건데, 라식을 한 사람들에게 종종 발생하는 부작용이라고 했다. 라식 5

년 차, 안경과 렌즈 없이 생활하는 것이 얼마나 행복한 삶인지 알아버린 나에겐 너무 청천벽력 같은 소식이었다. 집에 돌아와 속상한 마음에 울지 않을 수 없었다. 펑펑 울다가, 정말 어이가 없지만, 그런 생각이 스쳐 지나갔다.

'잠깐, 그럼 그 안경테.. 사도 되는 걸까?'

올해 가장 슬픈 소식이 시력이 나빠졌다는 것이라면, 올해 가장 마음에 드는 소비는 그 안경테를 산 것이라 할 수 있겠다. 눈이 나빠진 것도 열 받는데, 안경이라도 맘에 드는 거 쓰겠다는 마음으로 감행한 소비는 생각보다 엄청난 만족도를 가져다줬다.

'… 안경을 쓰고 일을 하니 왠지 작가가 된 것 같기도 하고… '

그 안경을 쓰고 거울을 보면 라식 때문에 욱하고 올라오는 마음이 한 번 씩 가라앉는다. 그런 의미에서 내가 나에게 주고 싶은 선물이 몇 가지 더 있다.

  1) '여중생 A' 웹툰 단행본

내가 정말 정말 정말 좋아하는 웹툰. 세상엔 재밌는 웹툰이 참 많고, '여중생 A'가 재밌진 않다. 하지만 그 웹툰을 보면 내 어린 시절이 위로받는 기분을 느낀다. 나에게는 정말 소장가치가 있는 웹툰이라 언젠가 여유가 생기면 집에 꼭 소장해 놓고 싶었다. 무려 세트 전권(!)을 사서 책장에 진열해 놓으면 보기만 해도 배가 부를 것 같다.

2) 폭신폭신한 침구세트

'이불에 돈 아끼지 마세요.'라는 광고 문구를 본 적이 있다. 예전의 나라면 '돈 쓸 곳이 얼마나 많은데 이불에 까지 써?'라고 생각하겠지만, 지금은 좀 다르다. 작년에 정말로 오랫동안 쓰던 이불을 바꿔봤기 때문에. 이불 바꾸는 거, 정말 별거 아니라고 생각했는데 한동안 기분이 좋았다. 문제는 저렴한 걸로 바꿨더니 금방 보풀이 올라오기 시작했다는 거다. 다음엔 좀 더 폭신폭신하고 좋은 침구세트로 바꿔보고 싶다.

3) 수영 강습권

물에 떠서 아무 생각도 안 해보고 싶다. 그러려면 수영을 먼저 배워야 한다.

집안일을 재미있게 할 수 있는 법

한 달 전 강다니엘 앨범을 전시할 책장을 산다는 아내에게 이렇게 말한 적이 있다. "그럼 나도 LP 턴 테이블 사…" "안돼." 말이 채 끝나기도 전에 아내는 말했다. 이유는 단순했다. '그거 사면 LP 판도 사야 되잖아.' 그렇다. 강다니엘 앨범 전시용 책장이나 LP 턴 테이블이나 사치품인 건 똑같지만, 결정적이 차이가 있었다. 책장은 그것만 사면 사치가 끝나고, 턴 테이블은 그것을 사면 사치가 시작되었다. 반박할 수 없이 완벽한 논리였다.

축 처진 어깨로 설거지를 하며 생각했다. '그래… 쌀 살 돈도 아까워서 제일 싼 거 사는 주제에 LP는 무슨 LP야. 꿈도 야무지다.' 그런데말이다… 만약, 고민만 하는 거라면 어떨까? 아이고, 산다는 얘기가 아니다. 나 그럴 돈도 없다. 그냥 진짜 말 그대로 상상만 해본다는 거다. 침대 옆 선

반 위에 나무 목재로 된 턴테이블이 있으면 어떨까? 그 위에 이문세 3집이 올려져 있는 거야. <난 아직 모르잖아요>를 지나 <소녀>가 나오고 나는 그걸 들으며 홍차를 마시는 거지.

"안된다고 했어!" 모종의 분위기를 느꼈는지 아내가 거실에서 외쳤다. 거실 옆 책장에 저금통이 보인 것도 그때였다.

이웃집 토토로 저금통. 스물다섯 살 때 아내가 선물로 사준 정든 놈이었다. 죽기 전, 자식에게 물려주겠다는 생각으로 아끼고 아꼈지만 이별이란 원래 갑작스러운 법이다. 이만하면 괜찮은 엔딩이다. 5년이니 10만 원은 모였을 거다. 어쩌면 15만 원일 지도 모르고. 충분하다. 아쉽지만 새로운 계획을 세워야 할 때다.

보급형 LP 턴 테이블… 이문세 3집… 가능하다면, 들국화 1집 까지…

여기까지 생각이 미칠 때 설거지는 이미 다 끝나고 없었다. 집안일… 이거 은근히 재미있다. 나는 고무장갑을 싱크대 위에 걸치고 소파 옆에 청소기를 들었다. "웬일이야?" 아내가 이상한 듯 물었다. 나는 더 이상하게 답했다. "아니야~ 에이, 진짜 아니야."

너무 비싼 건 적지 마세요. 못 사요.

Q. 내가 나에게 주고 싶은 선물 리스트

나만 아는 풍경

"문정 씨, 집에 갈 때 지하철 몇 호선 타요?"

"1호선도 타고 5호선 아니면, 6호선?"

"2호선은 안타요?"

"네, 왜요?"

"나중에 타면 여기 꼭 보라고요."

서울 사람도 모르는 명소

신도림에서 홍대로 환승하는 길은 한 겨울에도 땀냄새가 난다. 1호선과 2호선, 붐비기로 둘째가라면 서러운 두 지하철의 하루 평균 이용객은 350만 명. 그곳에선 매일 같이 다양하고 신비한 일들이 일어난다.

출퇴근 길, 프로 등산러를 만나는 건 흔한 일이다. 바닥에 놓은 보따리 속엔 주로 김치가 들어 있는데, 등산에 김치가 왜 필요한 지는 차마 물어보지 못했다. 아침마다 격한 기도를 해주시는 아버님은 이제 친근하다. 스피커 폰으로 통화하지 않으면 좀이 쑤시는 어머님도 익숙하고. 하지만 비상 스위치로 벨튀를 하는 청년을 만날 때면 여전히 다이나믹 코리아라는 말이 나오곤 한다.

대한민국 직장인들은 이런 광경을 보고 산다. 고요한 아수라장이라고 할까. 떠드는 사람 하나 없는데 제정신을 유지할 수 없다. 출근하기도 전에 지친다는 이야기는 대부분 사실이다. 물론 그러든 말든 지하철은 제 길을 간다.

그러다 가장 큰 고비인 신도림을 거쳐 문래, 영등포 구청, 당산을 지날 때면 지하철도 나도 조금씩 여유로워진다. 나는 그 시간을 좋아한다. 일 말의 휴식이 생겼기 때문만은 아니다.

지하철이 당산을 지나 합정으로 향할 때, 눈 앞을 가리던 회색 건물들이 한순간에 사라진다. 창문 밖으론 올림픽대로가 보이고, 뒤이어 강한 빛 뭉치가 나타난다. 한강 물결에 반사된 햇빛이다.

열차는 마법의 동굴에 들어선 듯 고요해진다. 악보 같은 전선줄 위로 선 유도가 걸리고 이어 잠두봉 선착장이 올라탄다. 때때로 강물 위에 이름 모를 새가 앉아 고기를 사냥하는데, 그것 또한 볼거리다. 5분이 채 안 되 는 짧은 시간이다. 하지만 이 시간은 어떤 여유보다 나를 편안하게 한다.

도합 2시간 40분이나 되는 출퇴근 길을 짜증 내지 않고 가는 것은 쉽 지 않은 일이다. 거기다 주변까지 도와주지 않으니 고통은 배로 되고. '다들 그렇게 살아' 라는 말로 퉁치기엔 찝찝한 하루. 중간중간 발견하는 여유는 생각보다 큰 위안이 되곤 한다.

어쩌면 그래서 이런 풍경들을 모으는 것이 취미가 됐지도 모른다. 고작 경치 하나로 모든 짜증을 날려 보낼 수는 없지만, 그렇다고 굳이 마다할 이유도 없으니까.

오이도 카페 앞바다, 만수동 삼환 아파트 옆 나뭇길, 인천 시청 뒤 에비로드. 언젠가 즐거워질 출퇴근 길을 기대하며 오늘도 풍경을 모아본다.

헤네시스를 아십니까

내가 별생각 없이 헤네시스라고 했을 때, 태수 씨는 말했다. "그게 뭐예요?" 순간 아차 싶었지만, 얼버무릴 수도 없으니 대답했다. 헤네시스는 메이플스토리에 있는 마을 이름인데요…. (정적)

3년 전 회사를 당시 핫하다는 연남동으로 다녔다. 그러자 자연스럽게 연남동 맛집 리스트를 몇 군데 알게 되었다. 맛도 좋고 분위기도 정말 좋았는데 퇴사 후 회사 사람들을 마주칠까 봐 가지 못하는 게 내심 슬펐다.

시간이 지나고, 회사가 다른 동네로 이사를 갔다는 소식을 듣고 나서야 친구와 연남동에서 약속을 잡을 수 있었다. 그런데, 문제는 내가 좋아하던 가게들이 모두 어딘가로 사라져 버렸다는 것이다. 나름 추억이 있는 곳들인데 악명 높은 연남동 월세를 오랜 시간 버티기는 어려웠나 보다.

그래서 나는 보기만 해도 기분 좋아지는 장소를 쓰는 것에 신중해질 수밖에 없었다. 지금 이 순간에도 사라지는 중 일 수도 있으니 시간이 지나도 그 자리를 계속 지킬만한 그런 곳, 어디 없을까?

그때 내 머리에 떠오른 장소가 바로 '헤네시스'였다. 어린 시절 내게 즐거운 기억으로 남아있는 게임 메이플스토리, 헤네시스는 그 게임을 한 번이라도 해본 사람이라면 가봤을 만한 아주 오래된 마을 이름이다.

퇴사 후 가족들 모두가 출근한 대낮에 할 건 없고, 나가서 놀자니 돈도 없고. 그때 생각난 게 메이플스토리였다. 아직 운영 중이라는 것도 놀라웠는데, 들어가 보니 옛날 그 모습을 거의 유지하고 있어 더 놀랐다. 13년이 지났고, 나는 이렇게 어른이 되어버렸는데, 내 작은 캐릭터와 어린 시절 시간을 보내던 마을이 그대로 있다는 건 큰 충격이었다.

보기만 해도 기분 좋아지는 장소에 이런 곳을 적다니 조금 이상해 보일지도 모르겠다. 그런데 나도 어쩔 수 없는 게, 그동안 집에서 이불만 뒤집어쓰고 있느라 요즘 힙하다는 그런 장소들을 알지도 못한다. 요즘도 나는 종종 우울해질 때면 노트북을 켜고 메이플스토리를 찾는다. 유치해 보일지도 모르지만 딱, 5분이면 기분 좋아지는 장소에 도착할 수 있다는 건 생각보다 멋진 일이다.

어디든 좋으니 소개해보세요!

Q. 보기만 해도 기분이 좋아지는 장소 있나요

우리가 돈이 없지 추억이 없냐

"문정 씨, 저는 아무래도 옛날 얘기하는 게
가장 재밌는 것 같아요."

"그래요?"

"네, 떠올리기만 해도 기분 좋아지네요.
얘기 나온 김에 그런 거 생각해보면 어때요?

인생이 비디오 테이프라면
계속 돌려보고 싶은 순간 있어요?"

20살 남학생의 고백법

저녁 7시가 조금 넘은 시각, 그녀와 나는 인천시청 옆 버스 정류장을 향해 걷고 있었다. 아마 퇴근 시간을 피하지 않았다면, 시청 공무원 모두가 내 심장 소리를 들을 수 있었을 거다. 그렇다. 오늘은 내가 고백하는 날. 심장은 30분 전부터 이야기하고 있었다. "가자!!" 나는 거역할 수가 없었다.

"여기 잠깐 앉았다 갈까?" 가로수 옆 대리석 벤치를 가리키며 말했다. 잠깐의 정적 후,

"그래." 그녀가 대답했다.

그때 내 몸속은 아수라장이었다. 심장은 백 미터를 내지른 듯 요동 쳤

고, 침은 바싹 말라 숨 한 번 쉬기도 어려웠다. 머릿속에선 자꾸만 알 수 없는 목소리가 울려 퍼졌다. '지금! 지금!' 식은땀이 줄줄 났다. 대학 인생 최대의 결정 앞에서 쉽게 입을 놀리기에 나는 너무 애송이였다. 그녀는 어떨까.

그녀는 졸고 있었다. … '뭐지?' 좀 심한 장난 같은 상황에 나는 잠시 멍해졌다. 잠깐 기다리면 일어나겠지. 그녀는 보다 더 착실하게 숙면의 세계로 나아갔다. 날은 어두워지고 있었다. 나는 그녀를 깨워 다시 정류장으로 향했다. 아무런 말 없이.

"저기…" 다시 말을 꺼낸 건 정류장이 코 앞에 다가왔을 즈음이었다. 입대를 앞둔 모태솔로의 공포란 생각보다 묵직했다.

"그… 말이야… 그 같이 있으면 좋고 즐겁고 계속 같이 있고 싶으면, 그게 그 사람을 좋아하는 건가?" 멘트는 똥이었다.

"음… 아무래도 그렇지 않을까?"

"아니… 아닐 수도 있지 않아? 그냥… 진짜 친구로 좋은 걸 수도 있잖아." 나도 나를 알 수 없었다.

"아니야. 그 정도면 좋아하는 거 맞는 것 같은데. 왜? 누구 좋아하는 사람 있어?" 정적이 흘렀다.

·········

"…너야."

심장이 다시 미친 듯이 요동쳤다. 뇌 속에선 이름 모를 남자가 튀어나와 소리 질렀다. "가만있지 마! 연타 날려! 정신을 차리게 만들지 마!" 나는 황급히 다음 타를 날렸다.

"너는!! 너는 그런 사람 없어?" 시간은 나를 놀리 듯 천천히 흘렀다. 세상 모든 사람이 우릴 구경하는 것 같았고 길거리 차들 역시 숨죽인 것 같았다. 그녀의 입은 아주 느리고 천천히 움직였다. 조심스럽게 입 모양을 해석해보면 이렇다.

"… 나도 너야."

… 대학 만세. 종아리가 영혼이 빠진 듯 휘청였다. 그런데 입에선 자꾸 웃음이 새 나왔다. 돌아가는 버스 길, 나는 아무 말도 하지 못했다. 아니다. 어쩌면 아무것도 기억나지 않는 것일지도 모른다. 떠오르는 것이라곤 그녀를 데려다주고 보낸 문자 한 통뿐이다.

"잘 가, 여자 친구"

그로부터 10년이 흘렀다. 찌질했던 신입생 남자는 어느새 서른이 되었고 그때 그녀는 나의 신부가 되었다. 그날은 참 오묘하다. 술에 취해도 꺼내기 힘들 만큼 부끄럽지만, 언제든 되새기고 싶을 만큼 아련하다. 어릴 때 추억이란 다 이런가 보다.

영화 <인터스텔라>의 주인공 쿠퍼는 블랙홀 속에서 과거의 자신을 향해 외친다. "Stay!"

만약 나도 쿠퍼처럼 과거로 되돌아갈 수 있다면, 그때를 향해 조금 다른 의미로 외치고 싶다.

"Stay."

"태수 씨"

"네?"

"저, 이거 못할 것 같아요."

"어… 왜요?"

"저한테는 이런 순간이 없는 것 같아요."

"아니에요. 분명 생각해보면 있지 않을까요?"

"태수 씨한테는 죄송한데
생각하면 할수록 자꾸 제가 불행해지는 것 같아요."

…

"그럼 문정 씨가 생각나는 건 어떤 거예요?"

"저는 즐거운 순간보다는 우울한 순간이 먼저 떠올라요."

…

"그러면, 그 얘기를 해보죠."

"그런 얘기 지금 이 프로젝트랑은 안 맞잖아요."

"안 맞을 수도 있는데…

지금 안 하면 문정 씨도 그런 얘기 정말 못하게 되지 않을까요?"

더 불행해질 것 같아 하지 못했던 이야기

"이건 살면서 처음으로 해보는 얘긴데요…"

"…"

"태수 씨 진짜 이런 말 해도 되는 거 맞아요?"

"네!"

쓸모 있는 아이

아빠는 쓸모없는 것들은 버리려고 했다. 나는 아빠가 버릴 수 있는 목록에 가족도 포함된다는 것을 알아버린 조숙한 아이였다. 물건을 반품하듯이 엄마를 외갓집에 돌려주는 아빠를 보며, 나는 엄마보다 나를 걱정했다. 나는 돌아갈 곳도 없었다. 그래서 쓸모 있는 아이가 되려고 애썼다.

공부하는 모습을 보였다. 없는 걸로 투정 부리지 않았다. 집에다 속마음을 쉽게 말하는 친구들을 보며 나도 말해볼까 싶었던 적도 있지만 편하게 해 주니 사춘기가 오는 거라는 아빠의 말에, 안 하길 정말 잘했다는 생각을 했다. 호르몬의 변화로 여드름은 찾아왔지만, 일생에 한 번 막 나가보는 시기가 사춘기라면 난 사춘기를 겪어보지 못했다.

내가 인생에서 정말 억울한 걸 한 가지 꼽자면, 23살에 아빠랑 같이 살지 않을 수 있게 된다는 걸 아무도 미리 알려주지 않았다는 점이다. 더이상 아빠가 없는 집안에서 나는 집에 있을 때 내가 어떤 자세로 있어도되는지 몰라 한동안을 어정쩡하게 있었다. 밤이 되지 않았는데 침대에누워 보아도 아무 일도 일어나지 않았다.

그 뒤로도 많은 일이 있었지만 미리 말하고 싶은 건 그리 좋은 날들을보내진 못했다는 것이다. 어쩌면 그전보다 더 서럽고, 억울한 날들을 지나쳐 26살이 되었다.

앞에서 고백하던 순간을 떠올리며 즐거워할 때, 나는 아빠 얼굴이 떠올라버렸다. 그리고 그로 인해 기억하고 싶지 않던 내 어린 시절의 모습이떠올랐다. 항상 주눅 들고, 눈치 보고, 불안해하던 내 모습. 아빠가 사라져도 그 모습은 내게 언제나 남아있었다. 밖에선 티 내지 않으려고 애썼는데, 질문 하나에 들통이 난 것 같아 부끄러웠다.

나는 행복했던 기억 하나를 찾기 위해 불행한 기억 열 가지를 지나쳐야하는 사람이었다. 그래서 행복한 순간을 묻는 질문에 떠오르는 얘기가이런 거밖에 없다. 지금도 이 프로젝트를 찾은 사람들이 내 얘기 때문에괜히 우울해지진 않을까 걱정이 된다.

근데 나 만큼은, 어쩐지 후련한 기분이 든다.

"문정 씨, 말해보니까 어때요?"

"… 후련한 것 같아요."

"다행이네요. 문정 씨 얘기 들으면서 생각한 건데,
어쩌면 행복한 기억보다 불행한 기억이 더 많은 것 같아요.

저도 그렇고요."

"태수 씨도요?"

"네. 그러니까 앞으로는 이런 얘기도 자주 해보죠."

"근데 이거는 행복해지는 프로젝트잖아요."

"그것도 그런데, 불행한 걸 털어놔야 즐거워질 수 있는
사람들도 있지 않을까요?"

우리가 이 시점에서 깨달은 것: 별 것 없이 행복해지려면,

1. 즐거웠던 과거를 추억해본다.
2. 불행했던 과거를 털어놓아 본다.

-1장 마침

2장. 손목 털기

가벼워지는 연습

가위, 바위, 보 말고 하나 빼기

"문정 씨 생각해보니까 제일 먼저 해야 할 게 있었던 것 같아요."

"어떤 거요?"

"버리는 거요. 잘 생각해놓고
여태까지랑 똑같이 살면 도루묵이잖아요.

문정 씨는 버리고 싶은 거 있어요?
얘기 나온 김에 하나 빼고 가요."

힘내서 힘 빼고 쓴 글

23살, 휴학하고 인턴생활 한 달째. 나는 퇴근하는 지하철에서 지금 당장 내려야 한다는 생각이 들었다. 한순간 귀가 먹먹해지더니 주변의 소리가 들리지 않았기 때문이다. 망설이는 사이, 이번에는 시야가 흐릿해지기 시작했다. 그리고는 눈앞이 캄캄해졌다. '어…, 안되는데'라는 생각과 동시에 몸이 기울었다.

그때 어떤 아주머니가 내 몸을 붙잡고 소리쳤다. "누가 이 아가씨한테 자리 좀 양보해주세요!!!" 나는 누군가가 양보해준 자리에 앉혀졌다. 미친 듯이 식은땀이 흘렀다. 나를 도와준 아주머니와 자리를 양보해준 사람, 어떻게 생겼는지 보이지도 않는 그분들에게 감사하다고 연신 고개를 꾸벅거렸다.

일을 시작한 지 한 달 되던 날부터 몸은 나에게 이상신호를 보냈다. 그러나 나는 그걸 긍정의 신호로 받아들였다. '와 나 지금 일하다가 지하철에서 쓰러질 뻔한 거야?' 공부하다 코피는 터져보지 못했지만, 일하다가 쓰러질 뻔은 해봤다. 이상한 성취감이 올라왔다.

나는 일을 잘하고 싶었다. 그리고 그 배경에는 이런 생각이 있었다. '일이라도 잘해야 되지 않을까?' 스물셋, 더 이상 가족을 탓하기엔 TV에서 나와 동갑인 연예인들이 부모님에게 집을 선물하고 있었다. 나는 내세울 게 없었고, 남은 희망은 일을 잘하는 것뿐이었다.

월급이 적고 일은 미친 듯이 많은 회사였지만 상관없었다. 그만큼 배우는 게 많았다. 대표는 일을 잘하게 만들기 위해 못된 말을 쏟아내는 사람이었다. 당시엔 그것도 상관없었다. 나는 여기서 한술 더 떠서, 내 안에 나쁜 대표를 만들어내고 그 사람이 할 말을 스스로에게 먼저 하기 시작했다.

'지금 이런 쓰레기를 내려고 했냐?' '한구석이라도 괜찮은 부분이 있어서?' '안 쪽팔려 너?' 정신을 차리고 보니 내게 일을 열심히 한다는 건, 시간과 노력이 아닌 나를 얼마나 열심히 깎아내리는지로 변해 있었다. 이게 지금까지도 고치지 못한, 정말 간절하게 버리고 싶은 습관이다.

한 번 자리 잡은 습관은 쉽게 고쳐지지 않는다. 회사를 그만둬도 내게는 여전히 그 못된 습관이 남아있다. 그러다 보니 스스로에게 결과물을 보여주는 것도 두려워서 일을 시작하는 시간을 자꾸만 늦춘다. 어느 날 마감기한을 지키지 못하고 힘들어하던 내게 친구가 말했다. "너한텐 힘내라고 하지 말고 힘 빼라고 해야겠다. 너무 힘을 내서 일을 못하고 있는 것 같아."

나는 그 말을 들은 뒤로 일을 시작하기 전에 크게 숨을 한 번 쉬고 '힘 빼자'라고 말한다. 일을 대충 하자는 의미는 아니다. 나는 여전히 일을 잘하고 싶고, 아직도 갈 길이 멀기 때문이다. 그냥 자꾸만 습관처럼 내고 있는 불필요한 힘을 빼자는 의미다.

물론 그렇게 말하고 시작해도 나는 모자란 어른이기 때문에 방심한 사이에 욕이 튀어나오기도 한다.

그럴 땐, 또 너무 힘내고 있었네. 다시 힘 빼자. 하고 일을 한다.

궁예는 왜 죽었을까?

901년, 1,000년 왕조 신라를 제끼고 후고구려를 건국한 영웅이 있었다. 황금 안대를 차고 사람의 마음을 읽는 기인. 궁예였다. 관심법이라는 초능력으로 온 나라를 통치한 궁예는 요즘 말로 반역무새 (반역 앵무새) 였다.

'내 말에 반대해? 너, 반역.' '내가 얘기하는데, 기침 해? 너도 반역.' '이유? 응, 관심법' 궁예는 민심을 읽을 때 써야 할 관심법을 온통 폭정에만 활용했다. 무려 18년 동안이나. 결국 충언을 한 아내를 간통죄로 몰아 사형시킬 때쯤, 사람들은 바라게 되었다. 새로운 영웅이 등장하기를. 918년 궁예의 혼이 담긴 구라 관심법은 자신의 충신 왕건에 의해 막을 내렸다.

그로부터 1,000년 뒤, 궁예와 비슷한 길을 걷게 되는 아이가 태어났다. 나다. 나는 어릴 때부터 표정이나 말투, 행동을 보며 그 사람의 마음을 예측했다. 그렇다. 관심법이다. 할머니는 말했다. "할머니가 한 김치인데, 맛도 없지?" 나는 맛있다고 했다. "아, 이거 웃길지 모르겠는데" 라고 운을 뗄 때는 선생님을 보면 일단 웃을 준비부터 했다. 마침내 말 같지도 않은 충고를 건네는 선배에게 멋지다 말할 수 있게 되었을 때, 나는 궁예의 길을 걷게 되었다.

어깨동무로도 다 감쌀 수 없을 만큼 친구들이 많아졌다. 가끔 이래도 되나 싶을 때도 있었지만, 그럴 때마다 사람들이 말했다. "넌 어떻게 나보다 내 마음을 더 잘 아냐. 귀신같아, 아주" 나는 황금 양탄자에 앉은 궁예처럼 붕붕 띄워졌다. 그리고 문제가 일어났다.

"누가 기침 소리를 내었는가?"

말년의 궁예는 그야말로 예민보스였다. 작은 것 하나에도 토라지는 여린 마음의 소유자인 데다, 남의 말은 죽어라 듣지 않으니 가까이 갈 수조차 없었다. 나 역시 비슷했다. 정색한 친구를 볼 때면 괜히 나 때문인 것 같아 끙끙 앓았고, '응'하고 단답으로 온 메시지를 확인할 때면 왼종일 내가 보낸 문자를 복기했다. 그런 의미가 아니었다고 해도 믿지 않았다. 나는 관심법의 후계자였으니까.

결국 지나가는 사람들의 시선마저 의심할 때가 되어서야 인정했다.

이거 병이다, 병.

흔히들 치료의 시작은 내가 아프다는 걸 깨닫는 거라고 한다. 하지만 이 병은 알아도 고치기가 쉽지 않다. 그렇기에 궁예의 말년이 암울했겠지. 아마 나는 앞으로도 남의 눈치를 볼 것 같다.

하지만 한 가지 다른 게 있다면, 적어도 이번에는 나의 눈치도 보려 한다. 가끔은 눈치를 보고 또 가끔은 눈치를 주고. 이게 30년간 눈치병 환자로 살아온 내가 내릴 수 있는 최선의 결론이다.

918년, 최후를 맞이하기 전 궁예는 말한다. "은부장군, 뭐하는가. 이제 그만 갈 때가 되지 않았는가?" 그로부터 1,000년이 지났다. 이제 나도 내 안의 궁예를 보내줘야겠다.

하나 버리고 갈까요? 혹은 두 개?

Q. 버리고 싶은 나의 모습 한 가지

[심심할 때 읽으면 재밌는 다이빙 TMI]

Diving :
높은 곳에서 뛰어내려 물속으로 들어가는 것을 겨루는 경기.

인간의 공포심 극복과 뛰어내리는 순간
회전의 아름다움을 겨루는 스포츠.

수면에 닿는 신체의 표면적이 적어야 좋다.

점프해서 물에 빠지는 짧은 순간 안에 모든 걸 보여줘야 하는
스포츠이기 때문에 3초의 예술이기도 하다.

물론, 우리는 1cm 다이빙이기 때문에 큰 상관없는 얘기다.

그리고 아무도 몰랐다고 한다

"태수 씨, 근데 우리가 눈치 본다고 사람들이 알까요?"

"아마 모르겠죠."

"그러면 아주 작은 부분에서는
그냥 내 맘대로 살아봐도 되지 않을까요?"

"저도 그러고 싶죠. 근데 사람들 시선이 보이니까요."

"다른 사람들, 아마 모를 거예요.
저도 그랬거든요."

다친 길고양이 이야기

 다친 길고양이를 병원에 데려가겠다고 말했을 때 오빠가 말했다. 그것도 희망고문 아냐? 그럼 다음은? 밖에 사는 이상 계속 다칠 수밖에 없어. 또 다치면 그때마다 병원에 데려다 줄 거야?

나는 대답했다. 나도 아는데, 우리 배달음식 시켜 먹으면서 2, 3만 원 쓸 때는 그런 생각 안 하잖아. 만약에 쟤 병원 안 데려다줘서 잘못되면 나 앞으로 배달음식 시켜 먹을 때마다 생각날 것 같아.

작년 가을, 가족들이 마트에 갔다 돌아오는 길에 쫓아와 제멋대로 우리 집 현관문 앞에 살기 시작한 고양이가 있었다. 곧 어디론가 떠나겠지 싶었는데 고양이는 다음날도, 그다음 날도 밤마다 우리 집 앞에 머물렀다. 집 앞에 상주하는 애교 많은 아기 고양이의 존재는 마음을 흔들어버리기에 충분했다.

마음에 문이라는 게 있다면 나는 그것을 잘 열지 않는 스타일이었다. 그러나 얘에게만큼은 해당되지 않는 얘기였나 보다. 정신 차리고 나니 이미 마음에 들어와 있었다. 그게 생김새를 보려고 쭈그려 앉았을 때 내무릎을 밟고 올라온 순간인지, 아니면 그냥 처음 마주쳤던 순간이었는지는 기억이 안 난다.

당시의 나는 우울증 때문에 밖에 잘 나가려고 하지 않았었다. 하지만 그 이후로는 밤이 되면 집 밖으로 나가 고양이와 시간을 보냈다. 밤이 오길 기다렸고, 고양이는 나에게 위안이 되었다. 그러니 그 고양이가 밖에서 다치고 돌아왔을 때 마음이 얼마나 아팠는지는 자세히 설명하고 싶지 않다. 나는 다친 고양이를 자세히 쳐다보지도 못하고 그대로 집안으로 도망쳐버렸다.

마음대로 살아본 적 있냐는 질문에 대답하기 위해 인생의 커다란 선택들을 떠올려봤다. 대부분 내 의견보다는 상황들을 고려한 선택이었다. 커다란 결정에서 나만을 위한 선택을 하기란 쉽지 않았다. 그래서 조금 작은 순간들을 떠올려봤다. 이제는 좋은 주인을 만나 거처를 옮긴 그 고양이가 생각났다. 정들지 않을 거라며 이름도 지어주지 않았으면서 그 고양이를 정말 많이 좋아했었다.

병원에 데려다주고 싶다는 말을 고작 배달음식과의 비교로 밖에 하지 못하는 서툰 사람이었지만 그때만큼은 가족들의 말을 듣지 않고 내 마음대로 해버렸다.

지금도 그날을 생각하면 마음이 따뜻해진다. 앞으로도 살면서 선택의 순간은 계속 올 것이고 커다란 선택들은 여전히 누군가를 고려해야 될 것을 안다. 그래도 지내다 보면 작지만 내 마음대로 할 수 있는 순간들도 분명 올 것이라 믿는다. 나는 그런 작은 순간들 만큼은 온전히 내 선택들로 채워 나가고 싶다.

만화가 아니라, 실화입니다

종말론이 팽배했던 일천구백구십구 년. 나는 농구를 시작했다. 너나 할 것 없이 라면과 참치캔을 구비할 때, 문방구에 들어가 농구공을 구매한 것이다.

'내일 지구가 멸망해도 오늘 한 그루의 사과나무를 심겠다.' 유명한 말이다. 하지만 실제로 그랬을까? 나는 진짜 했다. 세계가 멸망론으로 뒤덮였을 때 밖에 나가 농구공을 던진 것이다. 할머니는 말했다. "너 대체 뭐 될 라고 그러냐." 나는 대답 없이 농구공을 보여주었다.

그때 나는 진지하게 농구선수를 꿈꿨다. 멸치와 우유를 먹어야 키가 큰다는 건강박사의 말에 따라 멸치 볶음밥에 우유를 마셨고, 10시에서 2시 사이에 자는 것이 키포인트라는 의학박사의 말에 일찍 일찍 잠자리에 들었다. 그렇게 시간이 지나 종말론도 추억이 될 때쯤, 나는 농구공 좀 잡아본 중학생이 되었다. 내 마음대로 살아본 순간이 찾아온 것도 그때였다.

"이번 운동회 때는 농구도 종목으로 추가할 거야." 선생님의 한 마디는 조용했던 남자아이의 가슴을 뛰게 하기 충분했다. 이기는 거? 그거 문제 아니었다. 나 15세 장태수. 여자들의 응원받고 싶었다. 스포츠맨만이 가질 수 있는 그렁그렁 눈빛과 환호를 한 번이라도 내 것으로 만들고 싶었다. 당연히 그러기 위해선 나만의 무기가 필요했다.

그즈음 집 앞 가로등이 켜졌다. 순간, 머릿속으로 무언가 번쩍하고 스쳐 갔다. '베스킷볼 쉐도우 복싱.' 왜 그런 훈련법이 떠오르는지는 알 수 없다. 나는 가로등에 비친 내 그림자를 거울 삼아 미친 듯이 드리블을 연습했다. 그 모습이 상대가 바라보는 나의 모습이라 가정하고, 더 빠르고 더 격렬하게 공을 튀겼다. 결국 나조차 속일 수 있도록.

운동회 당일, 연습은 충분했다. 30분간 진행될 경기에 인생을 바칠 각오는 끝낸 지 오래다. 삐익! 날카로운 호각 소리와 함께 게임은 시작됐다. 양상은 치열했다. 중학생의 것이라고 보기 힘든 신경전이 오갔고 그 탓에 경기는 자주 중단됐다. 결국 종료 휘슬이 울리고 나서야 서로를 향한 악다구니는 멈췄다.

등 뒤로 박수 소리가 들려왔다. 착각일지도 모르지만, '장태수 잘생겼다'

라는 소리를 들은 것 같기도 했다. 승패는 더 이상 중요하지 않았다. 스포츠였다. 환호하는 관중들 뒤로 나는 검지 손가락 하나를 높게 쳐들어 올렸다. 1. 그날 내가 넣은 골의 숫자였다.

그게 벌써 15년 전의 일이다. 그사이 나는 키가 반올림해서 173cm까지 자랐고, 어느새 서른 하나를 앞두고 있는 어른이 되었다. 열다섯 중학생. 그때의 열정은 이제 없다. 오랜만에 농구를 하자는 친구들의 말에도 나는 내일을 준비한다. 그래도 그 시절만 생각하면 가슴이 뛴다. 비록 아무도 모르는 찌질한 만화밖에 되지 못했지만, 2004년 내 인생의 주인공은 나였다.

당신은 어떤 주인공이었나요

Q. 작지만 내 마음대로 살아본 순간이 있나요?

만약 없다면 작은 고집 한 번 부려보는 게 어때요?

그리고 그때 한 번 적어보세요.

제가 영화 추천해도 되나요?

"태수 씨, 질문도 많이 했는데 잠깐 쉬어 가죠."

"오, 그럼 제가 영화 추천해도 되나요?"

"저 웬만한 영화는 다 봐서요!"

"문정 씨 <데몰리션> 봤어요?"

"처음 들어봐요..^^;"

이 영화 본 적 있어요?

 교통사고가 났습니다. 아내는 죽었고, 슬프지가 않네요.

이렇게 말하는 남자의 이름은 데이비스, 투자 분석가다. 아내가 죽은 날 데이비스는 침착했다. 평소처럼 일을 할 수 있었고, 숫자도 똑바르게 계산했다. 달라진 게 있다면 불청객처럼 찾아오는 기억뿐이었다.

아내가 즉사했다는 사실을 알게 되었을 때, 데이비스는 배가 고팠다. 뭐라도 좀 먹으러 가고 싶었지만, 옆자리 장인을 보고 포기했다. 하는 수 없이 초코바를 먹기로 했다. 데이비스는 근처 자판기에 돈을 넣고 버튼을 눌렀다. 기계는 돈을 먹었고, 병원 조무사는 어깨를 으쓱했다. 자기일이 아니라는 소리였다.

이상하지만 그 일이 자꾸만 떠올랐다. 별 수 없었다. 그는 조문객을 뒤로하고 편지를 쓰기로 했다.

친애하는 챔피언 자판기 회사에게…

이 편지는 샌안드레아스 병원의 고장 난 714번 자판기에 관한 내용입니다. 저는 귀사의 자판기에 25센트 동전을 5개 넣고 땅콩 M&M을 눌렀습니다. 근데 안 나왔어요. 배가 고팠던 때라 짜증이 좀 났습니다. 거기다 10분 전엔 아내도 죽었구요. 얘기가 나온 김에 좀 더 자세히 설명하자면,

아내는 제가 섹시하다고 했습니다. 장인은 저를 싫어했어요. 아마 딸을 뺏어갔다는 생각 때문이겠죠. 아내는 타워가 무너지는 장면만 보면 울었습니다. 그리고… 또… 음… 그 이외에는 잘 모르겠네요. 이런 얘기를 하려던 건 아니지만, 경위를 자세히 말하는 게 좋을 것 같아 남깁니다. 데이비스가.

답장은 없었다. 상관없었다. 그는 다시 편지를 썼다. 아내가 냉장고를 고쳐 달라고 했는데 무시했던 이야기와 지하철을 타다 만난 실직자의 이야기를 적었다. 어느새 네 통의 편지를 보냈을 때 챔피언 자판기 회사에서 전화가 왔다. 새벽 두 시였다.

"챔피언 자판기 회사의 고객센터 캐런 모리노입니다. 불만 편지 보고 연

락드렸어요. 네 통이 와있더라구요. 편지를 보고 울었어요. 혹시…, 얘기할 사람은 있나요?"

이후의 이야기는 실제 영화에서 확인하길 바란다. ☺

'감정은 습관이다.' 이 영화를 보고 떠오른 말이다. 어른이 되어가면서 우린 유치해서 웃찌 않고, 별 거 없다며 울지 않는다. 하지만 사실 어쩌면 웃고 우는 방법을 잃어버린 것은 아닐까. 화 낼 만한 것에 화내고, 웃을 만한 것에 웃고, 울 만한 것에 우는 과정 속에서 우린 무표정이 됐을지도 모른다.

영화의 초반, 장인은 데이비스에게 말한다. "뭔가를 고치려면 전부 분해한 다음 뭐가 중요한지 알아내야 해." 이 영화는 데이비스가 고장 난 자신을 분해해 가는 과정이다. 혼자만 웃고 있지 않은 날, 울고 싶지만 울음이 나지 않는 날. 이 영화를 추천한다.

영화 <데몰리션> 이다.

같이 쉬어 갈까요? 추천해보세요. 취존 합니다.

Q. 나의 인생 영화를 소개해본다면

내 멋대로 자소서

"태수 씨, 영화에서 주인공은
왜 그렇게 감정을 숨겼을까요?"

"어른이 되면 다 그렇게 되는 것 같아요.
하다 못해 자소서에서부터 우리를 숨기잖아요."

"그럼 태수 씨는 자소서에는 못쓰는
내 얘기 있어요?"

"있죠."

또래보다 떨어지는 놈

뭐 하나 배워도 느리게 익히는 친구들이 있다. 남들이 1시간에 할 일을 다섯 시간에 걸쳐하고, 별 것 아닌 것에 목메다 정작 중요한 일을 못하는 사람. 나다. 나는 공부도 운동도 사람 관계도 배로 해야 남들만큼 할 수 있는 사람이었다. 선생님은 말했다. "못하는 건 부끄러운 게 아니야. 안 하는 게 부끄러운 거지." 하지만 나는 내가 부끄러웠다. 그것도 정말 치명적으로 부끄러웠다.

지금보다 취업시장 덜 빡셌던 5년 전에도 인턴이 되는 건 별 따기였다. 경력을 쌓기 위해 인턴을 하는 건데 경력을 본 다니, 평범한 길을 걸어온 대학생은 지원조차 쉽지 않았다. 그래서 나도 내가 합격했다는 소식을 믿기까지 한참이 걸렸다. 의심스러웠지만 이건 기회였다. 물 들어올 때 노 저으라고, 나는 단숨에 정직원 전환까지 노리기로 했다.

회사는 괜찮은 중견 광고대행사였다. 업무 강도는 있었지만 새롭게 배워가는 일은 나쁘지 않았다. 일주일이 지나 어느 정도 업무에 적응이 되었을 때, 나를 맡아 주신 차장님은 말했다. "또래보다 조금 떨어지네." 옆에 있던 대리님은 "애한테 뭐 그런 말을 해요 ㅋㅋ" 하며 웃었다. 맞은편 인턴 선배가 나를 불쌍하게 쳐다봤다. 그날은, 잠을 자지 못했다.

다음날부터 집에서 몰래 일 하는 습관이 생겼다. '쟤는 돈 주고 회사 다녀야 돼' 라는 평가에서 벗어나기 위해 남들과 같이 퇴근하고 집에 가 새벽까지 일했다. 결국 총 네 달에 걸친 인턴 기간 끝에 나는 백수가 되었다. 이 회사는 나랑 맞지 않았던 거야 라며 기대하고 싶었지만 아니었다. 다음 회사에서도 나는 가장 마지막에 불을 끄고 퇴근해야 했다. "또래보다 좀 떨어지네." 차장님의 목소리가 떠나지 않는 이유였다.

어떤 날은 지하철을 반대로 탄 나를 보고 쌍욕을 했다. 도대체 나는 잘하는 게 뭘까. 생각나는 게 하나도 없었다. 기억나는 거라곤 쓰레기를 청소하고 있던 내게 건넨 다른 팀 대리님의 말 뿐이었다. "태수 씨는 뭘 해도 참 열심히 하네. 보기 좋아." 왠지 자꾸만 눈물이 날 것 같았다.

그래서 부끄럽지만 이걸 선택할 수밖에 없었다. 난 장점이 없다. 잘하는 것도 없다. 하지만 난 다 못하기에 다 열심히 한다. 남들에게 별 것 아닌 것 하나를 얻기 위해 나는 인생을 바친다. 밤새워 고민하고 쓰고 읽고 말하고 행동한다. 나는 포기하지 않는다. 그 흔한 재능 하나도 없기에, 나는 모든 것에 사활을 건다. 맞다. 나는 노력을 잘한다.

이제 와서 이렇게 말하는 것이 나도 웃기다. 합리화하고 있네 라고 말하면 반박할 거리가 없다. 그렇지만 나까지 나를 비웃고 싶지 않다. 세상 아무도 인정해주지 않을 테지만, 1초의 인생도 허투루 살 수 없을 만큼 재능이 없는 나를, 내가 인정해주고 싶다.

p.s 요즘은 아내와 함께 수영을 배우고 있다. 당연히 같이 배우는 사람 중에 가장 떨어지는 축에 속한다. 선생님은 아내와 나를 번갈아 보며 말했다. "아… 같이 중급반에 올라가야 좋을 텐데…" 나는 멋쩍게 웃으며 수업이 끝날 때 말했다.

"선생님, 저 한 바퀴 더 돌고 가도 돼요?"

자소서에 쓰지 못한 당신의 장점은?

Q. 내 멋대로 자소서를 써보자

나쁜 상사 대회를 엽니다

"태수 씨, 우리 욕 한 번 시원하게 하고 잊죠."

"좋아요. 근데 저 다른 사람 얘기해도 돼요?"

"그 차장 말고요?"

"네, 더 한 놈이 있어요."

차장 말고 너

  21세기 최고의 사자성어를 하나 뽑는다면, '내로남불'이라 말하고 싶다. 영어와 한글이 만들어낸 오묘한 조화와 착착 붙는 발음. 거기다 인간사 대부분에 적용되는 범용성까지. '내가 하면 로맨스 남이 하면 불륜' 1990년대 정치판에서 탄생한 이 단어는 오늘날 우리 실생활에서 어떻게 나타날까. 오늘은 그것에 대해 말해보려 한다.

연인 관계, 친구 관계, 선후배 관계, 가족 관계. 내로남불이 발생하는 지역은 실로 다양하다. 하지만 그중에서도 가장 빈번하게 발생하는 지역이 있다. 바로 직장 내 관계. 이제부터 할 이야기가 바로 그것이다.

아쉽게도 내가 속했던 회사의 이름과 등장할 주인공의 실명을 밝힐 수 없음을 이해해달라. 나는 그분과 다시 엮이는 것이 두렵고, 가능하면 내가 아니라 스스로 깨달았으면 하기 때문이다. 그렇기에 이제부터 등장할 주인공을 '그 녀석'이라 칭하겠다.

첫째, 그 녀석은 관대하다. 조금 더 정확히 말하자면 '자신에게' 관대하다. 그 녀석은 마감기한을 어기는 것을 무척이나 싫어했는데, 어떤 일이든 연기가 되면 한 소리를 해야 속이 풀렸다. 어찌 보면 당연하다. 마감기한을 어긴 것은 분명한 잘못이고, 회사에서 만큼은 합리화될 수 없기 때문이다. 그런데 이상하다. 이렇게 완벽한 녀석의 논리가 어찌 된 일인지 자신에게는 적용되지 않는다.

그 녀석의 세상 속에서 그 녀석만큼 바쁜 놈은 없다. 녀석은 옆 집 회사, 친한 형네 회사, 똑똑한 선배네 회사, 동생이지만 배울 게 많은 후배네 회사에 들리기 위해 우리 회사를 들어오지 않는다. 점심시간이 한참 넘어 출근하고 기껏 잡은 약속은 까먹고. "그때 하신다고 하신 일, 내일까진데 다 하셨어요?" 결국 못 참고 물으면 녀석은 답한다. '요즘 너무 바빠서 못할 것 같아요. 혹시, 대신 좀 해줄 수 있어요?'

둘째, 녀석의 키는 180cm가 넘는다. 몸무게 역시 평균을 상회하고. 다만 동양인의 체격을 아득히 초월한 녀석의 마음만은 사정이 다르다. 이후 그 녀석을 만나게 될 사람에게 한 가지 조언을 하자면 녀석의 피드백에 토 달지 말아라. 괜히 대꾸했다 구글의 솔직한 회의 문화에 대해 30분 동안 교양을 들어야 할지도 모른다. 그렇다면 반대는 어떨까.

녀석의 아이디어에 솔직하게 별로라 말하면 '말 가려서 하는 게 좋겠네요' 라는 말이 돌아온다. 또 '그냥 좋다' 라고 말하면 '왜 이렇게 자기주장이 없냐'고 말한다. ...도대체 뭐 어쩌라는 거냐. 녀석은 가끔씩 SNS에 '솔직한 피드백을 받아들이지 못하는 것만큼 조직을 망치는 것은 없다.' 라는 류의 글을 싸지르는데, 그럴 땐 정말 안 먹는 소주가 벌컥벌컥 들어간다.

그렇다면 우린 도대체 그 녀석에게 어떻게 대처해야 할까. 주 5일을 고정적으로 만나야 하고, 심할 경우 하루 평균 9시간 이상을 함께 해야 하는 그 녀석에게서 벗어날 수 있을까. 솔직히 말하면 모르겠다. 나 역시 도망치는 게 고작이었기 때문이다. 아마 그렇기에 이 글을 쓰고 있는 게 아닐까 싶다. 해결을 할 수 없다면 해소라도 해야 하니까.

그 녀석과 함께 한 오랜 시간 나는 내 속마음을 어디에도 표현할 수 없었다. 결국 아무것도 해결되지 않을 거라 생각했기 때문이다. 하지만 지금은 좀 다르다. 내가 아무리 노력해도 해결되지 않는 문제가 있다면, 이제는 내가 아닌 그놈을 탓하겠다.

나와 같이, 혹은 나보다 더 심한 일을 겪으며 사는 우리. 아마 회사에서 바꿀 수 있는 것은 많지 않을 거다. 하지만 적어도 우리 기분만은 바꿀 수 있지 않을까. 해결은 못해도 해소는 하며 사는 것. 그게 평범한 우리를 위한 가장 쉬운 해결책일지도 모르겠다.

가튼녀석

  나도 그 녀석을 알고 있다. 그의 이야기를 이렇게 끝낼 순 없다. 이 질문만큼은, 그리고 '그 녀석' 얘기만큼은 양보할 수가 없다. 같은 녀석에 대해 좀 더 말해볼까 한다.

작은 회사였던 만큼 여름휴가는 한 명씩 다녀올 수 있었다. 팀원들이 한차례씩 여름휴가를 다녀왔고, 나는 일정 잡기가 좀 어려워 머뭇거리다 보니 가을이 다되어 마지막 차례에 가야 했다. 여름휴가를 다녀온 팀원들의 얼굴은 좀 밝아 보였다. 나도 이제 다녀와볼까 싶었을 때, 갑자기 그 녀석이 모두를 소집했다.

"저 떠나야 할 것 같아요, 언제 돌아올지도 모르겠어요." 순간, '내 차례데..' 하는 생각이 들었지만 눈물이 그렁그렁 맺혀서 어디론가 떠나야 될 것 같다는 사람을 막을 수는 없었다.

그 녀석이 그렇게 언제 끝날지도 모르는 여행으로 시간을 보내는 동안 회사에선 한 달이라는 시간이 흘렀다. 회사 업무를 세명이 분담하다 보니 안 그래도 많은 일을 쳐내느라 퇴근도 하기가 어려웠다. 한 달 뒤에 그 녀석이 돌아왔을 때 나는 정말 반가웠다.

나도 휴가가 너무나 절실했기 때문이다. 이제라도 늦은 여름휴가를 떠나봐야겠다 마음먹었을 때, 다음날 다른 녀석이 말했다. "그 녀석이 없는 동안 너무 힘들었어요. 저도 쉬다 오겠습니다." 한 달 동안 쉬다 온 게 미안했는지 그 녀석은 다른 녀석을 보내주었다. 다시 세명이 되었다. 지옥이었다.

어찌어찌 다른 녀석도 돌아왔을 때 난 정말 영혼까지 탈탈 털려있었다. 약 두 달의 시간 동안 회사의 대표들이 번갈아가며 비운 자리를 메꾸기 위해 미친 듯이 일해야 했다. 위에서는 가볍게 썼지만, 정말 힘든 시간이었다.

일의 양만큼 컸던 부담감 때문인지 지하철에서는 공황 증상이 나타났다. 아침에 출근하는 길이 너무 무서웠고, 한 시간 넘게 타야 했던 1호선에서 몇 번이고 뛰쳐나가고 싶어 졌다. 어딘가 크게 잘못된 것 같다는 생각에 우선 밀리고 밀렸던 여름휴가를 단 며칠이라도 가야겠다는 생각이 들었다. 그 녀석에게 장문의 메시지를 보냈다.

다음 날 나는 그 녀석과 카페에서 대화했다. 솔직하게 너무 힘들어서 며칠이라도 쉬고 오고 싶다고 말했다. 쉬고 싶다는 말을 계속 참아 왔어서 그런지 말하는 동안에 계속 울컥하는 기분을 느꼈다. 다 듣고 나서 그 녀석은 이렇게 말했다.

"그거 알아요?" "도망친 곳에 낙원은 없어요."

넌 왜 갔지 그럼? 아까보다 더 울컥하는 감정과 함께 이 생각이 저절로 튀어나왔다. 그 녀석은 한 달 동안 독심술이라도 익혔는지 말을 이어갔다.

"제가 갔다 와봐서 알아요. 낙원 없더라고." "아무튼 휴가는 지금 못 보내줘요. 12월 정도에나 다녀오세요."

내로남불. 그 녀석은 정말로 자기 자신에게 한없이 관대하고, 남에게는 혹독했다. 자신에게 찾아온 이상 증상은 불쌍히 여겨 당일 통보 후 여행을 떠났지만, 직원에게 찾아온 아픔은 이겨내 보라고 말하는 멋진 녀석이었다. 새로 휴가를 만들어달라고 한 것도 아니고, 주어져있던 휴가를 쓰고 싶었던 것뿐인데.

결국 나는 12월에 배정받은 휴가를 3일 앞두고 회사를 그만뒀다. 자신에게만 따뜻한 남자와는 더 이상 같이 있을 수가 없었다. 퇴사를 하고 나서 우연히 본 그 녀석의 상태 메시지에 '도망친 곳에 낙원은 없다'라고 쓰여 있는 걸 보고 침대를 몇 날 며칠 동안 걷어챘다.

그 이후로 그 녀석과 같은 내로남불 유형은 내게 기피대상 1순위가 되었다. 나는 자주 시간을 내어 앞으로 들어갈 회사에 그 녀석과 비슷한 녀석이 없게 해달라고 기도한다.

참가하실래요?

Q. 나쁜 상사 대회를 엽니다

의식주 다음으로 중요한 것

"태수 씨, 욕 하니까 좀 풀린 것 같지 않아요?"

"풀리긴 풀렸는데… 씁쓸하기도 해요.
매번 이렇게 욕하고 풀 수는 없으니까."

"그건 그렇죠.

그럼 태수 씨한테는 스트레스 푸는 방법 있어요?"

"저는…"

스님은 코인 노래방을 가지 않아

처음 노래방에 간 것은 중학교 1학년 때였다. 만수동 전병원 옆에 있는 금성 노래방이었는데, 노래를 시작하자마자 느낄 수 있었다. '후련한데?' 20년 노래방 외길 인생의 시작은 그때 인지도 모르겠다.

방학 때는 일주일에 여덟 번씩 노래방을 갔다. 당시 인터넷에서는 목에서 피가 나야 득음을 한 것이라는 괴소문이 떠돌았고 나는 그 말을 철석같이 믿었다. 매일 저녁 친구들과 함께 노래방에 가 녹슨 쇳소리와 함께 집에 돌아왔다. 노래방에서 멀어진 것은 그로부터 10년이 지난 뒤였다.

아마 취준생 시절이 계기였던 것 같다. 기본 두 시간에 서비스 30분이라는 시간은 취준생에게 지나치게 부담되었고, 함께 갈 친구들 조차 쉽게 구할 수 없었다. 거기다 2만 원이라는 돈도 만만치 않았고. 물론 취업을 하고서도 마찬가지였다. 주말이면 자기 바쁜 내게 노래방에 투자할 체력은 남아있지 않았다. 만월중학교 2학년 5반 노래 대장 장태수. 나는 반 강제적으로 무대에서 내려와야 했다.

"스트레스성 장염이네요." 회사 생각만 해도 배 속이 다 꼬이는 것 같다는 말에 의사가 답했다. "자주 있어요. 푹 쉬고 따뜻한 물 많이 마시세요." 별 도움도 안 되는 진단과 함께 받아온 약봉투의 효력은 3일이 채 되지 않았다. 부끄럽지만 당시 나는 하루에도 여섯 번씩 화장실을 갔다. 가끔은 출근길 지하철에서 급하게 내리기도 했고. '푹 쉬고 가끔씩 즐거운 시간 보내세요.' 의사 선생님의 온기 어린 조언은 부질없었다.

'4곡에 천 원.' 형형색색의 네온사인이 눈에 들어온 것은 그때였다. 나는 뭐에 홀린 듯이 지하로 내려갔고, 습관처럼 물을 한 병 샀다. 66767. 리모컨을 눌러 김연우의 <이별 택시>를 불렀다. 높았다. 그것도 아주. 그런데 나도 모르게 익숙한 기분 하나가 찾아왔다. '후련한데?' 나는 리모컨과 마이크를 다시 들었다.

노을의 <전부 너였다>, 조장혁의 <중독된 사랑>, 조성모의 <To heaven>. 코인은 마를 생각을 하지 않았다. 새벽 한 시, 더 이상 부를 노래가 없어진 순간이 되어서야 밖을 나왔다. 목에서는 피맛이 났다. 역시나 득음을 하지는 못했지만 괜찮았다. 나는 잊고 살던 한 가지를 되찾을 수 있었다.

기술은 사람을 향해야 한다는 말이 있다. 아무리 새롭고 혁신적인 기술이더라도 사람에게 이롭지 않으면 결국 쓸모없다는 것이다. 스마트폰, 전기차, AI, 블록체인. 2010년대는 그야말로 기술의 시대였다. 하지만 그중에서도 가장 인간적인 발명이 무엇이냐 묻는다면 나는 당당히 코인 노래방이라 답하겠다. 4곡에 천 원. 이 저렴하고 편리한 공간은 얼마나 많은 사람들의 스트레스를 풀어주고 있을까. 감히 가늠할 수조차 없다.

요즘은 배가 살살 아파올 때면 언제든 천 원을 넣고 깔끔하게 3곡만 부르고 나온다. 정확하게 10분이다. 그거면 된다. 하루 10분, 천 원으로 만날 수 있는 1평짜리 공간은 그 어떤 약과 위로보다 효과적이다.

요즘 뭐하고 지내?

퇴사 후 스트레스를 전혀 해소하지 못하던 시절이 있다. 그때 나에게 최선의 방법은 그냥 아무도 만나지 않는 것이었다. "요즘 뭐하고 지내?" 라는 아주 간단한 질문에도 대답하지 못하는 내가 싫었고, "그냥.. 이제 다시 슬슬 취업준비해야지."라고 2년째 앵무새처럼 말하고 있는 내 모습이 한심해 보였기 때문이다.

그러나 아무도 만나지 않는 건 내게 완전한 스트레스 해소법이 되어주지 못했다. 나는 한편으로 친구들과 웃고 떠들었던 시간을 그리워했고, 그건 또 다른 스트레스였다. 풀리는 것 하나 없이 쌓이기만 하던 시절, 나만의 스트레스 해소법이라는 게 어쩌면 의식주보다 더 중요한 것이 었을지도 모르겠다.

그런데 다행히도 요즘은 누가 "스트레스 해소법이 뭐예요?" 물어보면 대답할 말이 생겼다. "저는요, 좀 뛰어요." 이렇게 말하면 보통은 42.195km를 달리는 마라톤을 생각하기도 하고, 한강공원에서 여유롭게 뛰는 모습을 상상하기도 한다. 보통은 그렇게 오해하도록 내버려 두지만 오늘은 사실대로 써보려 한다.

나는 달린다. 근데 많이는 아니고, 한… 10m 달린다.

달리기라고 부르기도 민망한 이 10m 달리기를 시작한 건 올해 4월쯤이었다. 집에만 있으니 안 좋은 생각만 자꾸 드는 것 같아서 반강제로 엄마와 산책을 시작했다. 처음엔 기분전환이 되는 것 같더니, 천천히 걸으며 다시 부정적인 생각들이 올라왔다. 취업, 인간관계 등 온 세상 고민거리를 걸으면서 생각하자니 머리와 다리가 함께 지치는 기분이었다.

그래서 나는 차라리 생각을 멈춰 버리기로 한 것이다. 근데 이 생각이란 놈은 '멈춰라'한다고 멈추는 놈이 아니기 때문에 특단의 조치가 필요했다. 나는 그 자리에서 냅다 뛰어 버렸다. 평생 운동한 적 없는 몸이 갑자기 달리자 머리가 많이 놀랐는지 머릿속이 멈춰버렸다. 그 순간에 상쾌하다 말고는 다르게 표현할 수 없는 기분이 느껴졌다. 처음 달려본 그날은 숨을 고르고 다시 달리기를 반복했다. 그리고 집에 돌아가 몸살을 앓았다.

평생 뛰는 것보단 걷는 것을, 걷는 것보단 앉는 것을, 앉는 것보단 눕는 모습을 보이던 내가 갑자기 뛰기 시작하자 엄마는 내가 미친 줄 알았다고 한다.

그 뒤로는 컨디션 관리를 위해 아주 조금씩 달린다. 굳이 변명하자면 나는 운동을 하는 게 아니고 스트레스를 푸는 중이니까 한 시간씩 뛰고 그럴 필요가 없다. 내 체력에 맞게 해야지 무리했다간 괜히 병난단 말이다. 나만의 스트레스 푸는 법, 10m 달리기. 어디 내놓긴 부끄러운 방법이겠지만 나는 어떤 장소, 어떤 시간이든 상관없다. 딱, 10m 정도면 된다.

진짜로 의식주보다 중요할지 몰라요.

Q. 나만의 스트레스 해소법이 있나요?

[부르면 스트레스 팍팍 날아가는 노래방 리스트]

– 금영 노래방 기준 –

2NE1 - Fire (72845)

버즈 - 나에게로 떠나는 여행 (45229)

플라워 - 애정표현 (6898)

네미시스 - 솜사탕 (64231)

자우림 - 매직 카펫 라이드 (6404)

GOD - Friday Night (6272)

소녀시대 - 다시 만난 세계 (46023)

다비치 - 8282 (46582)

더 크로스 - Don't Cry (9486)

김현정 - 그녀와의 이별 (5511)

빅마마 - 체념 (63269)

체리필터 - 낭만 고양이 (62666)

정말로 삭제하시겠습니까?

"문정 씨, 제일 속상할 때가 언제예요?"

"저는 가까운 사람 실망시켰을 때요.
그런 순간은 기억에서 지워버리고 싶기도 해요."

"그래요? 그럼, 지워버리기 전에
제 친구 얘기 한 번 들어 볼래요?"

노량진에 간 남자,
2년 뒤 당구 300이 되어 돌아오다

노량진 했을 때 가장 먼저 떠오르는 것은 수산시장. 다음은 아마 공무원 학원일 것이다. 아침마다 학원 수업을 듣기 위해 감긴 눈으로 줄을 서 있는 인파는 수백이 넘는다. 나의 친구는 2년이 넘게 그 행렬 속에 있었다.

친구의 아버지는 공무원이셨다. 직급은 5급. 사무관이라고 했다. 거기다 형님은 선생님이고. 대대손손 공무원 집안 속에서 친구는 당연한 수순처럼 학원을 등록하고 자취방을 구해야 했다. 새벽부터 일어나는 것은 생각보다 상쾌한 일이었다. 아무도 없는 강의실에 홀로 자리를 맡을 때면 절로 만족감이 흘렀다. 친구는 매일 아침 묵직한 가방에서 책과 필기구를 꺼내 책상 위에 세팅했고, 상쾌한 공기를 마셨다. 그리곤 당구를 치러 갔다.

기필코 맹세하지만 처음엔 호기심이었을 거다. 사방이 경쟁자이자 감시자인 판옵티콘 속에서 잠시나마 속 편하게 놀 수 있는 공간이 절실했을 거다. 문제는 재능이었다. 딱 한 게임만 치고 돌아가기에 친구는 너무 좋은 눈과 손질을 타고났다. 없는 방법을 고안해 게임을 리드했다. 옆 테이블 아재들은 어느새 구경을 와 환호했다.

기약 없는 공시생과 노량진 SBS 당구장의 챔피언. 친구는 후자를 택했다. 그때 친구의 나이 약관 스물넷. 당구 에버리지 300이었다. 친구는 무언가 잘못되고 있다는 것을 깨달았다.

지레 찔려 집으로 돌아온 친구에게 가족들은 갈비를 사줬다. 길병원 사거리에 위치한 크고 맛 좋은 갈빗집이었다. 정년이 다가온 아버지는 말했다. "그래, 공부는 잘 돼가고 있냐." 친구는 묵념했다. 어머님이 물었다. "많이 힘들지. 그래도 쫌만 고생하면 다 괜찮아질 거야." 친구는 더 묵념했다. 아버지가 다시 말했다. "그래, 시험만 붙으면 다 해결돼." 적시타였다. 걱정하는 마음에 뱉은 세 마디는 친구의 자책감을 찢어 놓기 충분했다. "제발, 그만 좀 하세요!! 저 공무원 하기 싫어요!!" 3층짜리 갈빗집은 순식간에 조용해졌다.

친구는 당황한 엄마 아빠에게 개켜 놓았던 속마음을 조심스레 꺼내 놓았다. "저 음악 하고 싶어요." 이유는 별거 없었다. 예전부터 노래를 좋아했다. 그뿐이다. 그 이상의 논리적 근거는 없었다.

한참 뒤에 이야기이지만, 친구는 이때가 자기 인생의 전환점이라고 했다. 나 좋자고 가족들을 실망시키는 것이 두려웠는데, 결국 그게 더 자기를 망쳤다고 했다. 지금은 배우는 걸 넘어 스스로 작곡까지 하고 있다. 물론 당구는 여전히 잘 친다. 달라진 게 있다면 이젠 자기 돈으로 구한 단칸방에서 그 모든 걸 하고 있다는 것이다. 공무원처럼 안정적이지도 않고 번듯한 명함도 없지만, 친구의 삶은 꽤나 후련해 보인다. 그거면 된 것 아닐까.

착한 딸 콤플렉스

아들보단 딸을 낳고 싶다는 부부가 늘어난 지 오래라고 한다. 도통 무관심한 아들보다는 친구 같은 딸을 낳아 기르는 것이 훨씬 덜 외롭다고. 처음 이 말을 들었을 땐, 말수가 적은 오빠와 나를 비교해보고 고개를 끄덕였다. 그런데 요즘은 그런 생각이 든다. '이건 딸들 입장도 들어봐야 한다.' 생각보다 부모님이 원하는 딸 되기 힘들다. 오죽하면 '착한 딸 콤플렉스'라는 말까지 있다.

우리 엄마는 나한테 바라는 게 그렇게 크지 않았다. 그냥 적당히. 적당한 성적과 적당한 딸 노릇. 지하철을 타고 갈 수 있는 대학에 갔으면 좋겠다거나, 주말이면 엄마와 같이 시간을 보내는 그런 정도 말이다. 그게 정말로 적당한 지는 몰라도 나는 해내려고 애썼고, 대학생이 되어서는 엄마의 기대에 어느 정도 부응하는 딸이 될 수 있었다. 그쯤부터 엄마는 나를 '알아서 잘하는 딸'이라고 불렀다.

엄마는 가끔씩 주변에서 들리는 딸들의 이야기를 해줬다. 엄마의 해외
여행을 처음으로 보내주는 게 딸이라거나, 결혼기념일이나 생일에 꽃
다발과 선물을 챙겨줬더라 하는 얘기였다. 역시 딸 낳는 게 최고라나.
그땐 나도 취직하면 엄마를 그렇게 챙겨줄 수 있을 줄 알았다. 밤 12시
가 넘어 겨우 집에 오면서 저녁도 못 먹고 오는 못난 딸이 되어있을 줄
은 몰랐다.

막차를 타고 집에 돌아왔을 때 엄마가 말했다. "밥 먹었어?" 그냥 건넨
인사에 나는 사실대로 대답할 수가 없었다. "시간이 몇 신데, 먹었지!"
씻고 누웠지만 배가 고파선지 잠이 잘 오지 않았다. 왜인지는 모르겠지
만, 밥을 굶은 건 난데 엄마한테 미안했다.

혼자 보내는 시간이 많아진 엄마는 부쩍 자식들에게 의지했다. 그리고
그걸 신경 쓰는 건 오빠보다 내 몫인 듯했다. 오빠는 통 말이 없어 심심
하다고 했다. 그런데 나는 시간이 갈수록 엄마와 대화하기가 힘들었다.
내 쪽에서 할 얘기가 없었다.

소화가 하나도 안돼서 끼니마다 소화제를 먹고 있다거나, 공황장애가
심해져 점점 지하철을 타기가 힘들다는 걸 엄마에게 말할 순 없었다. 어
른스럽고 의젓하다던 엄마 딸이 철딱서니 없이 자꾸만 출근길에 차에
치여서 며칠이라도 쉬고 싶다는 생각을 한다는 건 당연히 더더욱 말할

수 없었다. 나는 엄마의 속을 썩이지 않는 착한 딸이고, 무엇이든 알아서 잘하는 딸이니까.

디데이는 예상치 못한 날 찾아왔다. 결국 대책 없이 퇴사를 저지르고 집에서 시간을 보냈는데, 그날은 유독 답답한 마음에 샤워를 하고 나왔다. 머리를 말리고 있던 내게 엄마가 다가왔다. 그리고 말했다.

"오빠는 뭐가 문젠지 모르겠다. 너처럼 다 알아서 잘하면 좋을 텐데." 평소 같았으면 넘어갔을 수 있는 말인데, 나는 그 날 엄마에게 소리를 질렀다. "엄마, 내가 뭘 잘해? 나 아무것도 잘못해. 왜 자꾸 나한테만 잘하라고 그래. 뭘 해야 될지 하나도 모르겠는데."

지금도 모르겠다. 화를 내볼 용기가 어디서 난 건지. 앞에 놓여있던 드라이기만 기억이 난다. 꾹꾹 눌렀다가 터진 말은 멈출 줄을 몰랐다. 처음으로 엄마가 실망할 만한 말을 계속 쏟아냈다. 계획도 없고, 할 줄 아는 것도 없다고 말했다. 당연하다는 듯 잘 해낼 거라 기대하는 게 싫다고 했다. 엄마의 그 말이 나를 너무 숨 막히게 만든다고 했다.

다른 사람을 실망시킨다는 것은 무척이나 괴로운 일이다. 하지만 시간이 지난 지금은 이렇게 생각한다. '언젠간 줘야 했을 실망감이었다.' 처음부터 알아서 하면서, 그걸 잘 해내기까지 할 수 있는 사람이 얼마나될까. 내게는 이때가 후회보다는 후련한 순간으로 기억된다. 엄마에겐정말 미안하지만, 바이킹이 하강하는 순간에 소리를 지를 때 속 시원해지는 그 느낌이 났던 것 같다.

물론, 그렇게 한 번 화를 냈다고 해서 엄마가 바뀌진 않았다. 엄마는 놀랍게도 그대로다. 오히려 바뀐 건 나였다. 요즘은 그런 말을 들을 때 더 좋은 딸이 되려고 노력하는 대신 이렇게 말하려고 노력한다.

"엄마, 부족한 딸이라 미안해. 근데, 나도 어쩔 수 없어!"

그때, 다시 생각해보면 다르지 않을까요?

Q. 실망시켜도 괜찮았던 하루 있나요

근데 지금 생각해도 후회스러운 것

내가 퇴사하고 떠났던 유럽여행은 혼자 간 여행이라 사진은 거의 포기하고 지낼 수밖에 없었다. 그중에서도 파리는 워낙 치안이 안 좋은지라 선뜻 사진을 찍어 달라며 스마트폰을 맡기기도 어려웠다. 그래도 에펠탑 앞에서 만큼은 사진을 꼭 남기고 싶었다. 나는 에펠탑이 잘 보이는 다리 앞에서 도대체 사진을 어떻게 찍을 것인가를 한 참 혼자서 고민하고 있었다.

그때, 내 앞에 사이좋은 한국인 모녀가 지나갔다. 나는 그분들을 간절한 눈빛을 가득 담아 쳐다보았다. "사진 찍어드릴까요?"라고 먼저 말을 건네주시더니, 한 장만 찍어 주셔도 되는데 아주 오랫동안 위치 선정, 포즈, 어플까지 추천해주면서 열정적으로 찍어 주셨다. 너무 감사했다. 나도 여기에 엄마랑 함께 왔다면 어땠을까. 정말 부럽기도 하고, 감사하기도 하고, 그런 내 마음을 어떻게든 전하고 싶어서 말을 건넸다. "어머니랑 함께 오셨나 봐요!" 그분이 대답했다.

"저희 같은 학교 다니는 친구인데요."
"…"
"…"

내가 만약 시간여행을 할 수 있다면 나는 무조건 그 순간으로 돌아갈 거다. 가서 입을 막아버리던지, 아니면 뒷목을 내리쳐서 나를 기절시키려고 한다. 내 인생에서 가장 경솔한 발언을 한 그 순간 나는 온몸이 빨개지고 있는 걸 느꼈다.

어떻게 말해도 수습이 안될 것 같았다. '그냥 죽자..' 옆에 보이는 강으로 뛰어내리고 싶다는 생각도 들었다. 어떻게 사과하고 헤어진지도 모르겠다. 정신을 차려보니 다리를 한참 벗어나 있었다.

최대한 그 장소에서 벗어난 나는 당장 누군가에게 욕을 듣지 않으면 미쳐버릴 것 같은 기분을 느꼈다. 친구한테 전화를 걸어서 나한테 욕 좀 해달라고 했다. 사정을 들은 친구는 감탄과 함께 너를 앞으로 파리 쓰레기라고 부를 것이고, 너는 한인 카페에 '혼자 온 여행객 사진 찍어주면 안되는 이유'라는 글로 박제될 것이고 그 사람들은 앞으로 절대 다른 사람들에게 호의를 베풀지 않게 될 것이라고 말해주었다.

그래…, 고마워. 친구 좋다는 게 이런 건가. 전화를 끊은 뒤 남은 여행기간 동안 나는 길고 긴 묵언수행을 시작했다.

이 날의 기억을 떠올리면서 나에게 찾아오는 나쁜 일 들을 앞으로는 묵묵히 받아들여야겠다는 생각을 했다. 그래도 잠깐 변명할 시간이 있다면, 나는 말하기 전에 생각을 몇 번 해보고 말하는 편이며, 아마 표현상 친구이지, 한 분은 뒤늦게 유학을 시작하신 분 같았다고. 고해성사하듯 이렇게 다른 친구에게 말해 본 적이 있는데, 그 친구는 내 말을 끊고 세상에서 가장 차가운 표정으로 말했다. "왜 그랬어?" "나도 모르겠어. 어디서부터 잘못된 건지.."

어떻게 해도 주워 담을 수 없는 말이란 걸 알지만, 나는 그 순간을 너무 삭제해버리고 싶다. 그리고 그분들의 기억 속에서도 같이 그 순간이 삭제되길 정말, 간절히, 진심을 다해 바란다.

근데 지금 생각해도 후회스러운 것 (2)

"나이 서른 넘어가면 홍대, 이태원 클럽에서 받아주지 않는다는 말이 사실입니까?" 2018년 11월 30일 초록창 지식인에 올라온 글이다. 단순한 호기심에 검색했다 말하고 싶지만 고백한다. 나 올해 서른이다. 그리고 클럽 가보고 싶다.

20살부터 사귄 여자 친구와 10년의 연애 끝에 결혼했다는 건 어딜 가도 이슈 거리다. "어떻게 그렇게 오래가?" "싸운 적은 없어?" 매번 비슷한 질문이 쇄도하고, 나는 "왜 없어. 우리도 싸우는데, 그나마 비결은 그 자리에서 꼭 풀고 간다는 거야." 라고 답한다. "오... 역시 달라 달라!" 뻔한 답에도 사람들은 대단한 조언처럼 반응한다. 대부분이 갖지 못한 경험이란 때때로 권위가 되기 때문이다. 내게도 그런 유형의 절대 존엄이 있다. 바로 클러버다.

중학교 때 친구였던 놈 중 타칭 지르박이라는 놈이 있다. 군인일 때조차 클럽에서 날렸던 놈인데, 그놈은 틈만 나면 말했다. "야, 경험이 재산이야, 재산. 한 번 가 봐. 일단 가보면 알게 된다니까."

그때마다 나는 다양한 이유로 거부했다. 기본적으로 성인이 된 후 여자친구와 헤어진 적이 없기에 갈 수 없었다. 대화를 나눌 수 없을 만큼 시끄러운 공간도 싫었다. 그래서 말했다. "야, 세상에 클럽보다 재미있는 게 얼마나 많은데 거길 가냐." 뻥이었다. '난 너네랑은 달라. 난 고상한 사람이야.' 라는 걸 보여주고 싶었던 게 팩트다.

언젠가 여자 친구가 물어본 적이 있다. "우리 같이 클럽 가볼까?" 여자 친구 역시 단 한 번도 클럽에 가본 적이 없었기 때문이다. 나는 기대하는 여자 친구의 얼굴 위로 답했다. "그런 데 뭣하러 가. 노래방에서도 재밌게 놀 수 있잖아." 사람 얼굴이 그렇게 창백해지는 것을 본 적이 없다. 그때 충격 때문인지 이제 아내가 된 여자 친구는 더 이상 클럽 가자는 이야기를 꺼내지 않는다. 만약 타임머신이 개발된다면, 나는 그날로 되돌아갈지도 모르겠다.

클럽에 가지 못한 것이 후회되는 것은 아니다. 여러모로 솔직하지 못했던 나의 20대가 가장 후회된다. 지식인의 질문처럼 나는 이제 클럽을 갈 수 없는 나이가 되었을지도 모른다. 그래도, 정말 그래도. 다시 한번 아내가 묻는다면 이번엔 이렇게 답하고 싶다.

"내가 지식인에서 봤는데, 강남 클럽들은 서른 넘어도 들어갈 수 있다던데?"

이제는 말할 수 있다. 나의 비밀 이야기

"태수 씨, 혹시 <캠핑클럽> 봐요?"

"아뇨, 그거 재밌어요?"

"그냥 핑클 멤버들이 당시에 하지 못했던 말들
이제 와서 털어놓는 모습이 보기 좋더라고요.
태수 씨도 그런 거 있어요?"

"있기는 있죠."

"그럼 이 기회에 한 번 해보는 거 어때요?
생각보다 되게 후련해질 거예요."

"..."

8살, 엄마가 사라졌다.

　기억 속 엄마의 마지막은 아빠와 싸우고 있는 모습이었다. 8살 된 나는 누나와 함께 두꺼운 이불을 덮고 울고 있었다. 그 뒤로 엄마와 아빠는 이혼을 했고, 나는 할머니에게 맡겨졌다. 이게 다 다. 오래된 사진 속 친절하게 웃고 있는 엄마는 아쉽게도 내 기억 속에는 없다.

엄마가 없다는 게 실감 난 건 학교에서 엄마의 이름과 직업을 쓰는 날이었다. 억지로라도 지어내서 쓰고 싶었는데, 엄마의 이름 맨 뒷글자가 혜인지 애인지 기억나지 않아 못썼다. 선생님은 그런 나를 안쓰럽게 봤다. 그리곤 애들 몰래 문제집을 쥐어주었다. 나는 내가 불쌍했다. 엄마가 뭔지도 모르면서, 엄마를 찾는 내가 너무 불쌍했다. 그래서 더 엄마라는 말을 지워버린 것 같다. 가질 수 없으면 기대를 하지 않는 게 어린 내가 뽑아낼 수 있는 유일한 해법이었다.

이런 내가 22년 만에 엄마를 다시 찾게 된 건, 할머니 때문이었다.

"그래도 낳아준 엄마인데, 결혼한다는 얘기는 혀라. 혼주석에도 앉으라고도하고. 할머니가 거기 앉아봐. 사람들이 숭봐. 숭." 이제는 번호도 모른다며 한사코 거절했는데, 놀랍게도 누나가 번호를 갖고 있었다. 누나와 엄마는 지속적으로 연락을 하고 있었다고 했다. 심지어 아빠 마저도. 나는 최대한 담담하게 전화해 말했다.

"엄마, 나 결혼해. 우리 만날 수 있을까?"

고급 갈빗집에서 다시 상봉한 우리 가족은 기대만큼 어색했다. '어떻게 지냈냐. 누구랑 결혼하냐.' 술에 힘을 빌려 간신히 이어갈 뿐이었다. 그날 알게 된 일 중 가장 놀라웠던 것은 아빠와 엄마가 10살 차이였다는 사실이다. 엄마는 아빠와 20살에 결혼을 하게 되었고 23살에 나를 낳았다고 했다. 회포를 풀듯 웃고 떠드는 누나와 아빠 그리고 엄마 사이에서 나는 몇 마디 말을 하지 못했다.

엄마 없는 자식이라는 꼬리표가 서른이 된 지금도 여전히 무섭다. 어린 날 받았던 눈초리는 시간으로도 잘 치료가 안된다. 그래도 엄마를 이해한다는 말을 해주고 싶다. 나는 여전히 엄마가 어떤 건지 모르기에 엄마의 엄마가 된다는 건 더더욱 상상할 수 없지만, 등을 토닥여주며 말해주고 싶다. 스스로를 생각하기에도 벅찬 그 나이 때 말도 통하지 않는 아이를 돌본다는 건 정말 힘들었을 거라고. 그래서 다 포기하고 그냥 혼자 있고 싶었을 거라고. 나보다 남을 소중히 하기에 엄마는 너무 어린 나이였으니까.

살다 보면 할 수 있다고 생각한 일을 하지 못하는 나를 발견할 때가 너무 많다. 아마 그때의 엄마도 그렇지 않았을까. 어린 엄마가 더 어린 나를 짊어져야 했을 부담을 조금이지만 이해할 수 있을 것 같다.

하고 싶었던 이야기가 있다면 적어볼까요

Q. 지금은 말할 수 있는 나의 비밀 이야기

2호의 주말 일기

가족과의 회 한 접시

<비디오 테이프로 돌려보고 싶은 하루가 있나요?> 이 질문은 나를 괴롭게 했다. 재밌는 질문을 곱씹을수록 나는 어이없게도 점점 우울해졌다. 시간을 좀 더 가져봐도, 다음날이 되어도 마찬가지였다. 생각이 잘 안 났다. 더 짜증 나는 건 뭐라도 적을까 하면 자꾸 회사에서 워크숍 갔던 날이 떠올랐다는 거다.

팀원들과 기억에 남는 하루를 보낸 건 맞지만 3년도 더 지난 이야기, 그것도 전 직장에서 보낸 하루를 고작 내 인생에서 돌려보고 싶은 유일한 순간이라고 적고 싶지는 않았다.

대답을 거의 포기하고, 다른 질문의 답부터 채워 나가던 어느 날의 주말이었다. 기분 전환을 할 겸 나가서 가족들과 저녁을 먹었다. 묵묵하게 감자탕의 뼈와 살을 분리하던 중, 나는 갑자기 그런 생각이 들었다. '내가 바라는 게 정말로 그렇게 큰 건가?'

나는 회사를 다닐 때도 그렇게 큰 걸 바라지 않았었다. 팀원들이 좋았다. 행복했던 워크숍 날처럼, 회사를 다니는 동안 열심히 일한 팀원들과 웃고 떠들 수 있는 날이 더 많아 지기를 바랐다. 그리고 그건 가족들에게도 마찬가지였다.

넓은 집으로 이사 가는 것, 돈 걱정 않고 같이 여행을 가보는 것, 뭐 그런 것들도 있겠지만 나는 언젠가 가족들과 소소하게 밖에 나가 술 한잔 해보는 날을 꿈 꿨다. 친구들과의 편안한 술자리를 좋아했고, 가족들과도 그런 시간을 보내 보고 싶었다. 그러나 한 번도 그런 시간을 가지지는 못했다. 엄마가 술을 안마시기도 했고, 아빠의 문제도 있었고, 왠지 우리 가족한테는 그런 게 안 어울린다고 느꼈던 것 같다.

생각이 여기까지 들자, 그날 왜 그랬는지는 모르겠지만 용기를 내서 말을 꺼내 본 것이다. "우리 이 옆에 횟집 가서 회 한 접시 먹을까?" 됐다고 할 줄 알았는데, 의외로 엄마랑 오빠는 순순히 그러자고 했다. 횟집에 도착해서 먼저 광어회를 시키고, 나는 한 번 더 용기를 냈다. "맥주도 시키면 안 될까?" 그랬더니 오빠가 싫다고 했다. 자기 생각엔 회랑은 소주가 어울리는 것 같다고 했다.

솔직히 이런 게 행복했다고 쓰는 것도 부끄럽지만, 나한테 그날은 시간이 너무 빠르게 간 날이다. 다들 주량이 너무 약해 한 병을 나눠 마시면서도 횡설수설했다. 그래도 평소에 TV를 보며 침묵 속에 밥 먹을 때와는 다르게 대화가 이어졌다.

내가 '우리 가족은 술이 약해서 한 병만 시켜도 다 취하니 돈을 아껴서 참 좋다'고 말하니까 다들 웃었었고, 엄마도 망설이다 돌아가신 할머니가 시집살이했던 추억을 풀어놓기도 했다. 오빠는 그냥 회가 너무 맛있다고 했다. 그러다 이런 시간을 종종 가져도 좋겠다는 얘기도 나왔다.

질문에 쓸만한 날이 떠오르지 않아서 결국 그런 날을 만들어 버렸다. 그래서 이제 진심으로 대답할 수 있겠다. 인생이 비디오 테이프라면 나는 이 날을 계속 돌려 보려 한다. 술이 들어가 조금 편해진 가족들의 표정과 맛있는 음식, 그리고 시간이 가는 게 싫어서 자꾸만 시계를 확인하던 내 모습까지. 낯설지만 마음에 드는 하루였다.

1호의 주말 일기

주말에는 소고기를 먹어요

프로젝트의 첫 주가 끝나는 주말, 마트에서 아내가 먹고 싶다는 25,800원짜리 양념게장을 사주지 못한 게 계속 생각났다. 세끼면 사라질 그 반찬이 생각보다 비싸다며 카트를 돌리는 내 모습은 아무리 잠을 자도 잊히지 않았다.

그런데 어찌 된 일인지 같은 날 만 원짜리 소고기를 맛있게 구워 먹은 사실은 쉽게 잊어버렸다. 이게 내가 행복을 대하는 방식이다. 나는 자잘하게 불행들을 쌓고 그걸 다 지워낼 만큼 거대한 행복이 오길 고대했다. 내 인생에는 불행밖에 없어 라고 말하면서.

생각보다 인생은 급작스럽게 불행해지지 않는다. 프로젝트를 시작한 열흘 동안 느낀 것이다.

자주 막히는 화장실 하수구, 눈 앞에서 놓쳐버린 버스, 갑자기 마주한 비, 라식 수술 때문에 와버린 안구 건조증, 수건에서 나는 물비린내, 흰 옷에 묻은 고추장, 거리낌 없이 새치기하는 할아버지, 내 말은 듣지도 않고 잔소리만 하는 할머니.

나는 매일 그 작고 작은 것들을 기가 막히게 캐치해 불행해졌다.

이런 나를 고치고 싶은 것은 아니다. 뭐, 고칠 수 있을 것 같지도 않고. 그냥 불행에 민감한 만큼 행복에도 민감해보고 싶다. 이번 주말 저녁, 만 원짜리 소고기를 먹으며 느낀 감정을 결국 기억해낸 것처럼 말이다. 작은 불행들을 작은 행복들로 물리치는 것. 남은 10일간의 목표가 있다면 그것으로 정해야겠다.

3호의 주말 일기

프로젝트 중 일어난 변화가 있다면 적어주세요

3장. 숨 크게 들이마시기

뛰기 전, 마지막 준비운동

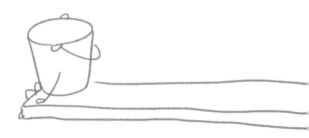

꿈이 꼭 있어야 할까요?

"태수 씨는 꿈이 뭐예요?"

"그건 갑자기 왜요?"

"그냥 저는 꿈도 없고, 마땅히 하고 싶은 일도 없고,
한참 바쁘게 지내야 할 것 같은데
가끔씩 이래도 되나 싶어요."

"…"

"죄송해요. 제가 또 우울한 얘기 했죠."

"문정 씨, 주호민 알아요?"

주호민이 파괴한 것

파괴왕 주호민은 그의 만화 무한동력에서 말했다. '죽기 전 이루지 못한 꿈이 생각날까. 먹지 못한 밥이 생각날까.' 작품 속 취준생 선재가 받은 이 충고는 당시 큰 반향을 일으켰다. 그로부터 11년이 지났다. 주호민은 무한도전에 출현해 다시 말했다. '밥을 먹어야 꿈도 꾸지.'

내 친구의 꿈은 인권 변호사다. 친구는 늦은 나이에도 뭐든 잘 해낼 만큼 똑똑하고 운도 좋은 사람이다. 그래서인지 힘들게 입사한 대기업을 1년도 되지 않아 과감히 때려치웠고, 늦은 나이에 다시 로스쿨에 입학했다. 학자금 대출로 인한 빚이 3,000만 원이었지만 자신 있었다. 돈은 언제든 갚을 수 있어. 친구가 달고 살던 말이었다.

그러다 올해 친구의 아버지가 대장암에 걸리셨다. 동생은 췌장 희귀병

판정을 받았고, 어머니는 건강이 악화되어 더 이상 일을 하기 어려워졌다. 설상가상으로 아버지를 따라 검사한 건강검진에서 친구는 자신의 심장이 좋지 않다는 사실을 발견했다. 위로 차 만난 단골 순댓국집에서 친구는 말했다. "그때 회사, 때려치우지 말 걸… 그러면 지금 이 고생은 안 했을 텐데…" 내년에 변호사 시험 붙자마자 대리운전을 할 거라는 친구에게 나는 아무 말도 할 수 없었다.

그날, 집으로 돌아오며 이런 생각을 했다. '꿈이라는 말이 멋있는 이유는 소수만이 가질 수 있기 때문 아닐까. 소년이여 꿈을 가져라 라고 하지만 만화에서 조차 꿈을 이룬 건 주인공 집단일 뿐이잖아.' 누군가 꿈을 이루려면, 또 다른 누군가는 꿈을 포기해야 해. 이 잔혹한 현실을 나는 배우지 못했다. 그래서 꿈이 사라졌다는 친구에게 어떤 위로를 해야 할지 알 수가 없었다.

나는 꿈이라는 말의 의미가 두 가지인 이유가 있다고 생각한다. 자는 동안 꿈을 꾸지 않았다고 비난하는 사람은 아무도 없다. 심지어 자는데 방해되는 꿈이라면 더더욱 꾸지 않는 것이 낫고. 사는 것도 같지 않을까. 꿈이 없이도 살 수 있다면, 오히려 사는데 방해가 된다면 꿈같은 건 꾸지 않는 것이 낫지 않을까. 만약 다시 한번 친구와 대화했던 그때로 돌아갈 수 있다면, 이렇게 말해주고 싶다.

우리 그냥 살자. 그거 없어도 괜찮잖아.

꿈이 뭐냐… 솔직히 말하자면 이제 나는 꿈이 없다. 굳이 있어야 한다면 그냥 편안하게 살고 싶다. 꿈 때문에 새벽에 들어오고 친구를 멀리하고 가족과 소원해지고. 또다시 그런 삶을 살 수 있을 만큼 지금의 나는 용기 있지 않다.

요즘은 주말이면 느지막이 일어나 스트레칭을 하고 다시 방바닥에 눕는다. TV를 켜고 시원한 오렌지 주스를 마신다. 그리곤 선풍기 바람을 쐬며 말한다.

아… 좋다….

꿈이 꼭 있어야 할까요?

Q. 꿈에 대한 나의 생각 적어보기

차라리 꾼다면 이런 꿈을 꾸겠다

6개월 전인가, 페이스북에서 '차은우가 웃긴 이유'라는 영상을 봤다. 여러 장면을 편집한 클립 영상이었는데, 첫 번째 영상에서 차은우는 공연을 하고 있었다. 두 번째에서는 팬 사인회 중인 것 같았고, 세 번째에서는 연습 중이었다. 네 번째, 다섯 번째, 여섯 번째도 비슷한 유형이었다.

약 5분 정도의 영상. 누가 봐도 웃긴 장면은 없었다. 뭐야 이거. 불쾌한 마음으로 영상을 종료하려 했지만 인정해야 했다. 나는 조금 웃었던 것 같다. 특히 팬들을 향해 웃어주는 차은우의 모습은 남자가 봐도 흐뭇했다. 웃기지 않아도 웃길 수 있다. 마음 한켠이 비참해졌다.

나는 아이돌을 싫어하면서도 동경하는 모순적인 인간이었다. 동방신기부터 BTS까지. 실력도 좋은데 잘생기기까지 하는 그들을 인정하기 싫었다. 그래서 그들의 노래를 MP3에 담지 않았고, 노래방에 가도 절대 부르지 않았다. 누군가 가장 좋아하는 가수를 물으면 김범수와 김연우라고 답했다. 두 분의 외모가 떨어진다는 말은 절대 아니지만, 왠지 모르게 동질감이 드는 것은 어쩔 수가 없었다.

그래서 이 마음을 인정하기까지 꽤 오랜 시간이 걸렸다. 나도 이런 꿈을 꾸는 내가 너무 싫다. 하지만 어쩔 수가 없다. 아무래도 나, 잘 생겨지고 싶은 게 꿈인 것 같다. 나도 차은우처럼, BTS 뷔처럼 잘생겨지고 싶다. 샤워할 때 김이 서린 거울을 닦으며 흐뭇해하고 싶다. 떡볶이를 입에 묻히며 먹는 모습을 누군가 귀엽다며 쳐다봐 줬으면 좋겠다.

영화 속 알라딘은 지니를 만난 순간 자신을 왕자로 만들어 달라고 한다. 사랑하는 공주에 걸맞게 비단옷을 입고 양탄자를 타고 황금을 몸에 두르는 것이다. 영화가 끝난 뒤 생각해봤다. 나는 어떤 소원을 빌까. 답은 정해져 있었다.

지니! 박보검처럼 만들어줘. 당장!

내 방이 필요해

"태수 씨, 꿈은 없어도 되는데
꼭 있었으면 하는 게 하나 있어요."

"어떤 거예요?"

"내 방이요."

내 방 화장실

　우리 집은 아빠가 일하던 공장의 2층. 내 방은 현관문을 열자마자 보이는 방이었다. 아빠는 나를 감시하기 위해 하루에도 몇 번씩 일하다 말고 시간을 내어 올라왔다. 공부하고 있냐는 말과 함께 현관문이 빠르게 열리는 소리가 들리면 나는 공부를 하던 중에도 깜짝깜짝 놀랐다. 시간이 지나도 그 소리가 익숙해지진 않았다. 밤이 오기 전에 침대에 누워있으면 혼이 났다. 내 침대지만 마치 남의 것처럼 이용시간이 정해져 있는 것 같았다. 아파서 누워있을 때도 심장이 막 뛰었다.

그런데 그런 아빠랑 떨어져 살게 된 지금, 오히려 난 내 방을 더욱 쓰지 못하고 있다. 거기에 앉아 있으면 예전 일들이 자꾸 생각나기 때문이다. 대부분의 생활은 거실에서 하고 잠은 엄마 옆에서 잔다. 내 방이 필요하다고 느낀 적 있냐고 묻는다면 나는 언제나 절실히 느껴왔다고 답하고 싶다.

집에서 그나마 내 공간이라고 느껴지는 곳은 언제나 화장실이었다. 나는 혼자 있고 싶을 때면 씻는 걸 핑계로 화장실로 도망갔다. 화장실에 있으면 긴장이 풀린다. 화장실에 있으면 아무도 문을 열고 들어오지 않는다.

그리고 화장실에 있으면 서있든지, 앉아 있든지, 심지어 울든지 그 안에서 무슨 짓을 해도 밖에서는 알 수 없다. 내게 화장실은 누구의 방해도 받지 않는 유일한 공간이었다.

솔직히 말하면 내 공간을 고작 화장실이라고 쓰고 있는 이 상황이 즐겁진 않다. 이렇게 만든 아빠가 밉다. 남도 아니고, 그걸 같이 보아온 가족들이 이해를 못해줄 땐 더 서럽기도 하다. "왜 멀쩡한 방을 못써?" 가족이 제일 몰라준다더니 그 말이 딱 맞다.

나도 한동안은 이런 상황을 불평하기만 했다. 그런데 이제는 좀 달라지고 싶다. 난 내 방이 절실히 필요하고, 그게 없다면 그냥 집 밖에서 찾겠다는 게 내 결론이다.

유력 후보는 만화방이다. 처음 만화방에 갔을 땐 누워서 만화를 보다가 근처에 누가 지나가면 나도 모르게 벌떡벌떡 일어났다. 바보같이. '누워서' 심지어 '만화를' 보는데 그 누구의 눈치도 볼 필요가 없다는 게 참 적응이 안됐다.

또, 할 일이 생기면 가방에 짐을 챙겨서 카페에 간다. 모르는 사람들 투성이인데, 집보다 편한 게 신기하다. 카페에서 천천히 커피를 마시며 할 일도 하고, 책도 읽고, 그렇게 시간을 보내고 돌아오면 이젠 창고처럼 쓰이고 있는 내 방을 봐도 전처럼 우울하지만은 않다.

만화방과 카페, 언젠가 진정한 나의 방이 생길 때까지 이렇게 내 방 후보들을 계속 늘려 나가보고 싶다.

생각이 안 난다면 밑에 조건을 봐주세요

Q. 내 방 같은 장소가 있나요?

내 방의 조건

1. 눈치를 안 봐도 된다.

2. 아무것도 안 해도 마음이 편해진다.

3. 집 안에 있지 않아도 된다.

4. 꼭 혼자 있는 공간일 필요는 없다.

잠깐, 배고프다

"태수 씨, 우리 제일 중요한 얘기 빼먹은 것 같아요!"

"어? 어떤 건데요?"

"먹는 얘기요."

"…"

노력이 절대 배신하지 않는 감자전

음식명

-노력이 절대 배신하지 않는 감자전

재료

1. 감자 작은 거 여섯 개

2. 양파 반 개

3. 감자칼

4. 강판★ (없으면 만들지 마시오.)

5. 체

6. 전분가루

레시피

1. 감자칼로 감자의 껍질을 제거한다.

2. 무념무상으로 강판에 감자를 간다.

3. 감자 간 것을 체에 밭쳐서, 물을 따라 버린다.

4. 양파도 반 개 갈아서 위의 것들과 합친다.

5. 프라이팬에 식용유를 두르고, 조심스럽게 감자전을 부쳐낸다.

노력은 나를 자꾸 배신해왔다. 삶에서도, 음식에서도. 갖가지 재료를 준비해 만든 찌개가 타 버리기도 하고, 큰 맘먹고 만든 생선요리는 비린 맛을 잡지 못해 쓰레기통으로 직행했다. 나는 내가 만든 로제 파스타를 억지로 먹고 나서 2년 동안 비슷한 냄새만 맡아도 속이 울렁거렸다.

그런데 이런 각박한 세상 속 노력을 절대로 배신하지 않는 고마운 음식이 있다. 감자전이다. 감자를 강판에 가는 동안엔 팔이 막 아프다. 시간도 많이 걸려서 1시간은 족히 지나있다. 그러나 완성하고 나서 한 입 베어 물 때 느껴지는 최상의 쫀득쫀득한 식감은 그 모든 걸 보상한다. 믹서기로 갈아 만든 감자전에서는 절대로 흉내 낼 수 없다. 오직 강판으로 갈아 만들어진 위대한 감자전만이 그 맛을 낸다.

스트레스받는 날에는 감자를 꺼내 강판에 슥슥 갈아보자. 조금 고생스러운 요리지만, 한 입 먹는 순간 감자전이 얼마나 의리 있는 음식인지 알 수 있을 것이다. 오늘은 여기까지만 써야겠다, 진짜 배고프다.

위대한 한식

음식명

–간장 계란밥

재료

1. 다량의 밥

2. 간장 (양조간장)

3. 계란 2개 이상

4. 참기름

5. 깨

6. 참치 혹은 김치&김치 국물 (핵심 레시피)

레시피

1. 칼국수 그릇을 준비한다. 양푼도 좋다. 단, 일반 밥공기는 안 된다.

양이 아쉽다.

2. 그릇에 밥을 양껏 담는다. 이래도 되나 싶을 만큼 담아라.

3. 간장 세 큰 술 투척

(밥 양에 따라 달라지는데 칼국수 그릇에 가득 채울 경우 이 정도면 된다.)

4. 참기름 한 큰 술 투척

5. 깨 한 큰 술 투척

6-1. 참치 한 큰 술 투척

(퍽퍽하지만 식감을 좋아한다면 삽입 추천) 없다면,

6-2. 김치 & 김치 국물 한 큰 술 투척

(입맛이 없을 때 최고다. 먹어봐라. 안 먹어보면 모른다.)

7. 라스트! 계란 후라이 2개 투척 (주의! 꼭 반숙이어야 한다.)

  잠 자기에도 시간이 부족한 날, 밥을 차려 먹기란 여간 어려운 일이 아니다. 가족과 함께 살고 있다면 그나마 다행이지만 혼자 사는 데 졸리고 피곤하고 배까지 고프다. 그것은 재앙에 가깝다. 그럴 때마다 내가 해 먹는 요리가 있다. 간장 계란밥. 편하고도 맛있는 음식이란 말도 안 되는 것이라 생각하겠지만, 이 요리가 그렇다. 불편함이라고는 각종 재료를 숟가락으로 비빌 때 드는 전완근의 뻐근함 정도뿐이다.

혼자 사는 우리. 모두가 고생하고 있다는 걸 알고 있다. 홀로 집에 들어와 쌓여 있는 설거지와 버리지 않은 쓰레기, 비어 있는 냉장고를 볼 때면 '그냥 나중에 먹자' 며 밥 먹는 걸 포기할 수도 있을 거다. 그럴 때 이 음식을 먹어봐라.

15분 안에 요리부터 식사까지. 큼지막한 양푼에다 간장과 밥, 깨와 참기름, 마지막으로 참치 한 숟갈이면 된다. 시원한 맥주 한 잔에 영화 한 편을 곁들어서 먹는다면 더 좋고. 어느새 가득 찬 몸과 마음을 발견할 수 있을 것이다.

당신만의 레시피를 알려주세요

Q. 나만의 필살 요리

오늘은 여기 까지만 하고,
이제 먹으러 가죠.

1호 : 저는 떡볶이, 순대, 오징어 튀김,
어묵 국물에 비빔면 먹으러 갑니다.

2호 : 새우초밥, 연어초밥, 까르보나라, 육회, 티라미수 케이크
버블티, 앙버터 먹으러 갑니다.

1호: 그거 다 한 번에 먹을 수 있어요?

.

소확행은 너무 커서 최소확행

"문정 씨, 다들 소확행 소확행 하잖아요.
문정 씨도 그런 거 있어요?"

"저는 앞에 다 쓴 것 같은데요."

"그럼, 소확행보다 더 작은 최소확행은요?
진짜 너무너무 작아서 잘 모르고 지나갔던 거."

서울이 시베리아보다 춥다던데

2018년 1월, 아침 뉴스에 대서특필된 소식이 있었다. '서울 영하 17도, 시베리아보다 혹한.' 에이, 또 또. 뭔 말도 안 되는 소리야. 우리나라는 틈만 나면 과장한다니까 라고 생각했지만 진짜였다. 그해 서울은 세계 어느 도시보다 추웠다.

당시 나는 역시즌 세일을 통해 80%를 할인받고 산 패딩을 입고 있었다. 여름날, 뙤약볕을 이겨내며 고르고 고른 질 좋은 놈이었다. 옆에 서 있던 판매원은 말했다. "이놈 하나 면요, 시베리아에서도 반팔 하나 입고 다닙니다. 구스다운이라는 게 이게 보통이 아니에요. 괜히 거위들이 한겨울에도 잘만 헤엄치겠습니까." 그놈이 무용지물이 되기까지 딱 10분 걸렸다. 반팔은커녕 목폴라 포함 세 겹을 입었는데 다르르하고 떨리는 이는 멈출 생각을 안 했다.

어찌어찌 퇴근길 지하철까지 탔을 때 스마트폰 온도계는 영하 18도를 가리키고 있었다. 오묘한 숫자였다. 생각보다 따뜻한 지하철 속에 있으니 살만 했지만, 내릴 역은 금세 다가왔다. 그때 할머니에게 전화가 왔다. "언제 오냐." 나도 내가 언제 갈 수 있을지 알고 싶었다. 나는 거의 다 왔다는 말과 함께 전화를 끊었다.

양쪽 겨드랑이 안으로 손을 넣고 모자를 푹 눌러썼다. 혹시 바람이 새 들어올 곳이 없는지 다시 한번 확인한 뒤, 지하철 역을 나섰다. 옆으로 삼선 슬리퍼에 발목 양말을 신고, 윗도리엔 마이 하나 걸친 중학생이 지나갔는데, 계절 또라이라는 말이 절로 떠올랐다.

우여곡절 끝에 집에 도착했을 때 한 가지 생각밖에 떠오르지 않았다. '일단 눕자. 옷 갈아 입고 씻어야 하는데 몰라, 일단 이따 해.' 어추, 어추, 이상한 추임새를 내며 방문을 열었다. 할머니가 깔아준 요 자리를 들추고 다리를 넣고 몸을 구부리고 다시 이불을 덮었다.

아… 전기장판이 켜져 있었다. 할머니였다. 내 하루가 얼마나 고단했는지 아는 듯. 내가 오자마자 누을 걸 미리 예측하고 있었던 듯. 딱 적당한 온도에 맞춰져 있었다. 할머니… 하고 울고 싶었지만 눈물이 나오진 않았다.

아침부터 지금까지 지나온 하루가 떠올랐다. 앞으로는 일기예보를 우습게 보지 말아야지. 세일 중 판매원이 하는 말은 믿지 말아야지. 할머니한테 매일매일 감사해야지. 그렇게 30분이나 지났을까. 행복하고 감사했던 마음은 순식간에 걱정으로 뒤바뀌었다. '지금 자면 몇 시간 잘 수 있을까.' 나는 무거운 몸을 일으켜 이를 닦고 세수를 하고 머리를 감고 발을 닦고, 딱 샤워하기 전 단계까지만 씻고 다시 잠자리로 누웠다.

내일은 또 얼마나 추울까. 두려움에 이불을 더욱 감싸 올렸다. 밖은 너무 찬데 집은 너무 따뜻하다. 나도 모르게 웃음이 나왔다.

전기장판 하나에 행복할 수 있는 인생이라니… 묘하게 낭만 있어 보였다.

점심에 곰탕 어때요

2년 만에 다시 만난 팀원은 한 가지 달라진 점이 있었다. 과거에 점심을 같이 먹을 땐 어디든 좋아요! 라고 외치던 사람이, 이번 프로젝트를 위해 만나서부터는 계속 점심메뉴에 의견을 낸다는 점이다.

어느 날은 굳이 생선구이를 먹자며, 여름날 먼 길을 땀 흘리며 걷게 만들기도 하고, 내게 평양냉면을 강요하기도 했다. 뭘 먹든 배만 부르면 좋다던 사람이다 보니 며칠 지나면서 이 변화가 은근 크게 느껴졌다.

그러다 알게 된 사실은 이분이 혼자만의 프로젝트를 하나 더 진행하고 있었다는 사실이다. 이름을 붙이자면, '밥 메뉴 고르기 프로젝트'라고 했다. 밥 먹을 때 항상 친구들의 의견으로 메뉴를 결정했는데, 퇴사 후엔 적극적으로 말해보고 있다는 것이다. 별건 아니지만 식사 메뉴만이라도 자기 의견을 말하는 사람이 된 것 같아서 기분이 좋다고 했다.

그 프로젝트를 듣고 깨달았다. 나도 사람들과 밥을 먹을 때 내 의견을 주장해본 적이 없다는 것을. 누군가가 "뭐 먹고 싶어?"라고 물어보면 나는 대답했다. "너는?" "너 좋은 걸로 먹자!" 언제부터인지는 모르겠지만 이게 어느새 습관으로 굳어졌다.

그래서 자꾸만 혼자 먹는 밥과 혼자 가는 여행이 편하게 느껴진 것 아닐까? 밥 메뉴부터 약속 장소와 시간, 여행지와 여행 스타일까지 누군가와 같이하는 건 거의 다 상대방에게 맞추고 있었으니까.

요즘은 나도 점심메뉴를 한 번 씩 주장해 보고 있다. 며칠 전엔 조금 멀리 걸어가야 하는 곰탕을 먹자고 했다. 밥 메뉴 같은 건 너무 사소한 거라고 생각했지만, 오히려 사소해서 더 쉽게 해 볼 수 있었고, 정말.. 그 아무도 알아채지 못했다.

'메뉴 한 번씩 얘기해보기' 이렇게 작은 소확행이 또 있을까 싶지만 적어도 나는 조금 뿌듯했다.

뭐 이런 걸 적나 싶을 만큼 작은 것도 좋아요

Q. 소확행은 너무 커서 최소확행

나도 호모 아카데미쿠스

"태수 씨, 제가 뉴스에서 봤는데
계속해서 배우는 사람을 호모 아카데미쿠스라고 한데요."

"그럼 저는 아닌가 봐요."

"태수 씨는 새로 배워보고 싶은 거 없어요?"

"저는 요새 뭐 배우고 새로 알고 그런 거 보다는
그냥 잊고 살던 거 떠올리는 게 좋아요."

"저는 세 개나 있는데… 제 얘기 먼저 들어볼래요?"

집 나간 고양이를 찾는 법

첫째, 집 나간 고양이를 찾는 법. 그걸 어떻게 배우냐고 생각하는 사람도 있을 거다. 하지만 실제로 그걸 전문으로 하는 직업까지 있다. 집 나간 반려 고양이를 찾아주는 '고양이 탐정'이라는 직업이.

작년에 친구네 고양이가 집을 나갔을 때, 찾는 것을 돕다가 고양이 탐정의 존재를 처음 알게 되었다. 탐정님들은 고양이가 주로 머무는 장소와 습성을 파악하여 고양이를 찾아주었다. 주인이 아무리 불러도 보이지 않던 고양이가, 그들 앞에서 금방 발각되어 돌아오는 것을 보며 셜록홈스보다 조금 더 멋지다는 생각이 들었다.

나도 나중에 고양이를 꼭 키울 거다. 그날을 대비해서 미리 배워 놓으면 나쁠 것이 없다.

둘째, 멋지게 다이빙하는 법. 프로젝트 이름에 다이빙이 들어가는 이유가 다 있다. 나는 다이빙이라는 단어에서부터 오는 짜릿한 느낌을 굉장히 좋아한다. 지금의 난 겁이 많아서 얕은 곳에서도 뛰지 못하지만, 단련을 해서 적당히 높은 다이빙대에서 한 번 뛰어 보고 싶다.

중요한 것은 다이빙을 '멋지게 하는 법'이다. 물과 내가 닿을 때 엄청난 마찰음이 나면서 구경하던 사람들이 나를 안타깝게 보지 않았으면 좋겠다.

셋째, 각 나라의 전통 춤. 누군가가 말했다. "그 나라의 춤을 알면 그 나라의 문화를 아는 것이다." 물론, 난 그런 대단한 의미로 배우고 싶은 건 아니다. 영화 속에서 전통 춤 같은 걸 추는 장면이 나오면 왠지 너무 신이 났다. 지금은 이렇게 매일 아침 지하철을 타고 2시간씩 출근하는 신세지만, 혹시 모른다.

어느 날 지하철이 아니라 비행기에 올라타 여행을 떠나게 되고, 마침 거리에선 축제가 열리고 있고, 나에게도 한 곡 출 기회가 올지. 그때 나는 미리 배워 둔 그 나라의 전통 춤을 추면서 사람들을 깜짝 놀래켜 주고 싶다. 다만, 그 여행은 혼자 떠난 여행이었으면 좋겠다.

젓가락질 잘해야만 밥을 먹나요

　오래간만에 만난 친구는 유튜브 영상을 배우고 싶다고 했다. 요즘 친구가 운영하는 채널의 구독자 수는 17명. 올해 안에 100배를 만드는 게 목표라고 했다. 조용했던 다른 놈도 말했다. "난 스트릿 댄스 배우고 싶다." 친구는 박재범의 <몸매> 영상을 보여주며 그게 남자의 섹시라고 했다. 자연스럽게 내 차례가 왔다. "너는 뭐 배우고 싶냐." 나는 먹고살기도 힘들다며 회피했다.

다 큰 어른이 돼서 이런 말 하는 게 부끄럽지만, 나는 젓가락질을 배우고 싶다. 어려서부터 할머니에게 맡겨진 탓인지, 서른이 된 지금도 젓가락질을 제대로 하지 못한다. 뭐, 아예 못하는 것은 아니다. DJ DOC 형들의 말처럼 내 식대로 잘만 먹는다. 그런데 아무래도 이제는 연습을 해야 할 것 같다.

몇 주전에 있었던 상견례 자리에서 밑반찬으로 콩자반이 나왔다. 식사를 끝낸 나는 입가심할 겸 손을 뻗었고 집자 마자 흘렸다. 그놈의 승부욕이 뭔지 한 번 더 집으려다 이번엔 아예 땅바닥에 흘렸다. 아무도 신경 쓰지 않았다. 그런데 자꾸만 얼굴이 화끈해졌다. 젓가락질 하나에 괜히 밉보일까 봐. 그때부턴 어떤 음식이든 푹푹 찍어 먹었다.

이러니, 생각해봐라. 다른 애들은 유튜브 영상 제작, 스트릿 댄스 그런 거 얘기하고 있는데 젓가락질을 어떻게 얘기를 하냐. 차라리 지어내는 것이 낫다 싶었다. 그렇지만 이게 내 진심이다. 나는 무언가를 배워야 한다면 젓가락질 잘하는 법, 옷 잘 개는 법 이런 것들을 먼저 배우고 싶다. 사느라 제쳐둔 사소한 것들 말이다.

체면이라는 게 참 웬수다. 눈 딱 감고 주변 사람들에게 물어보면 될 것을 유튜브나 검색해가며 배우고 있으니 말이다. 올해가 지나기까지 남은 시간 3개월. 목표는 콩자반 다섯 개를 스트레이트로 잡아내는 것이다. 쉽지 않겠지만 하루 세끼 천천히 연습하다 보면 되겠지. 호모 아카데미쿠스. 지금의 나는 그 말에 어울리는 사람은 아닌 것 같다. 하지만 시간이 지나 이처럼 사소한 것들을 하나 둘 잘해지고 나면, 나도 멋진 것을 배워보고 싶어 지는 때가 오지 않을까? 그때를 생각하며 오늘도 훈련한다.

아무것도 안 떠오른다고요? 정상입니다

Q. 요즘 따라 배워보고 싶은 것

이 질문의 답을 생각하는데 3일씩 걸렸어요.

그동안 배우고 싶은 일보단
배워야 하는 일이 먼저였으니
안 떠오르는 게 사실 정상입니다.

그래도 2호는 이 질문의 답을 생각하고 나서 기분이 좋아졌고,
1호는 이 질문의 답을 생각하고 나서 젓가락질을 배웠습니다.

3호도 떠올려보면 무언가가 좋아질 수 있을 거예요.

마감기한이 죽기 전까지 라면

"문정 씨, 저 배우고 싶은 건 없는데
죽기 전까지 꼭 하나 해보고 싶은 건 있어요."

"어떤 건데요?"

"소설 쓰는 거요.
문정 씨도 그런 거 있어요?"

"저도 예전부터 하나 생각해둔 게 있긴 해요."

80세에 연주하는 'Chocolate Legs'

할머니가 기타 연주를 하면 멋있을 것 같지 않나요?

그 생각은 내 맘에 불을 지르기 충분했다. 기타를 배워보지 않은 것은 아니다. 그러나 계속 연습하지 못한 것은 그때마다 인생에서 더 중요한 일이 있었기 때문이다. 시작은 휴학을 하고 낙원상가에 가서 기타를 사는 일이었다. 거실에서 유튜브를 보며 몇 시간째 '여행을 떠나요'를 연습을 하고 있는 나를 보고 엄마는 말했다. "가수라도 되려고 그러는 거야?" 그래, 이럴 때가 아니긴 하지. 나는 기타를 내려놓고 인턴경력을 쌓으러 떠났다.

기타에 대한 열정이 다시 올라온 건 대학교 4학년 때였다. 이때는 취준생이라는 단어만으로도 오는 스트레스가 있었다. 일주일에 하루 정도는 취미생활로 스트레스를 풀어보고 싶었다. 집에는 비밀로 하고 기타 과외를 받기 시작했다. 그런데 이번엔 다른 문제가 생겼다. 내 기타 소리를 들으면 기분이 좋아지기보단 왠지 스트레스가 더 올라오는 것이었다. 그 후로는 기타를 기타 가방에서 꺼내지 않았다.

차라리 기타가 싫어진 거면 어디 팔아 버리기라도 하겠는데, 나는 여전히 기타가 좋았다. 편하게 떨어지는 어깨 모양과 줄을 팅길 때 울리는 그 소리가 좋다. 정말 좋지만 이번 생엔 듣는 걸로 만족해야겠다고 생각했는데, 마감기한이 80세라고 생각하니 마음이 바뀌었다.

54년 뒤라면 분명 가장 나중 순위에게도 기회가 올 것이고, 예전부터 꼭 연주해보고 싶은 곡도 있다. 듣기엔 좋지만 직접 치기에는 난이도가 너무 높아 시도조차 못해본 기타 커버곡 'Chocolate Legs' 이걸 내손으로 쳐보고 싶다. 80세 할머니가 하는 기타 연주라니 너무 설레서 집에 빨리 가고 싶어 졌다. 그런데 일단, 가서 좀 자야겠다.

무려 54년 뒤, 유튜브가 그때도 있을지는 모르지만 첫 영상의 이름은 이렇게 해볼까 한다. '80세에 연주하는 Chocolate Legs'

조금 이르지만 말해봅니다. 다들 좋아요, 구독, 알림 설정까지 꾸욱 눌러주세요!

글림프!

글림프! 여기 알 수 없는 구호를 외치는 사람들이 있다. 얼핏 봐도 20대 위주의 단체인 이곳의 여성과 남성들은 모두 짧게 정돈된 금발 머리를 하고 있다. 이들의 관심사는 오로지 강당 위에 서있는 한 남자뿐이다.

남자를 취재하고 있는 기자는 말했다. 남자의 이름은 글림프. '모두의 공평한 불행'을 공약으로 건 대통령 후보다.

남자는 등장과 함께 스타가 되었다. 신문과 방송은 21세기 최악의 사이비 교주라며 매도했지만 남자는 아무것도 반박하지 않았다. 그저 빠르고 정확하게 사람들을 불행하게 만들었다. 다만, 방식이 조금 특이했다. 그는 사람들의 머릿속에서 행복한 기억을 싸그리 지워버렸다. 어떤 사람이든 그에게 걸리면 단 한 번도 행복한 적이 없는 사람으로 돌변했다.

모두의 공평한 불행. 그가 말한 공약은 차근차근 실현되고 있던 것이다.

혹시 뒷 이야기가 궁금하다면 다행이다. 이것은 내가 죽기 전까지 완성시킬 소설의 도입부이기 때문이다. 제목은 글림프, 독일어로 공평하다는 뜻이다.

3년 전, <자기 앞의 생>이라는 소설을 다 읽고 나서 문득 그런 생각을 했다. '나도 이런 글을 써보고 싶다.' 한 번도 사랑받아 본 적 없는 아이가 자기만의 방식으로 누군가를 사랑해 나가는 이야기였는데, 이상하게도 마음을 슬프게 했다.

그때부터 본격적으로 글을 썼던 것 같다. 우울한 날이면 일기를 쓰고, 아이디어가 떠오르면 메모를 하고 즐거운 추억이 생기면 기록을 했다. 그런데 어쩐 일인지 소설을 써보자 라는 마음만 먹으면 아무 생각도 나지 않았다.

아마 두려웠던 것 같다. 재미없는 내 글을 보는 순간 글 쓰는 걸 포기해버릴 것 같아서. 그래서 이 도입부를 쓰기까지 몇 년이 걸린 지 모르겠다.

나는 이제 서른 살이니, 죽기 전까지는 약 50년 정도가 남았을 거다. 직업 소설가들은 1년의 한 권의 소설을 써내기도 하지만 나에게는 1년에 이만큼 정도가 적당하지 않을까 한다. 이 정도 분량의 50배라…. 80살

쯤 단편 소설 하나는 나오지 않을까?

p.s

만약 지금 읽은 이야기의 뒷부분이 궁금하다면, 잘 부탁한다. 50년 뒤,
그때 글림프의 정체는 공개된다.

통 크게 가봅시다. 죽기 전까지인데 뭐 어때요

Q. 마감기한이 죽기 전까지 라면 이루고 싶은 것

퇴사는 답이 아니야

"문정 씨, 요즘 표정이 많이 좋아진 것 같아요."

"제가요?"

"네. 근데, 문정 씨 초 쳐서 미안한데,
아마 앞으로 다시 불행할 일이 많을 거예요."

"… 그럼 우리 이거 왜 한 거예요?"

"대비하려고요."

"네? 뭘 대비해요?"

"앞으로 올 불행이요."

사무실 책상에 부적을 올려두세요

  여자 친구의 다리가 부러진 건, 재작년 겨울이었다. 나는 병간호를 하기 어려운 여자 친구의 가족들을 대신해 입원실에서 출퇴근을 했다. 다행히 수술이 잘 끝나 한 달 뒤 여자 친구가 퇴원했고, 우리 할아버지가 돌아가셨다. 입원실에서 급히 나와 장례식장으로 향해야 했던 이유다.

누나와 할머니는 혼절 직전이었다. 아빠와 큰 아빠도 일을 다 접고 달려왔다. 고통은 한꺼번에 다 찾아온다는데 왜 하필 그게 나인지 알 수 없었다.

어떤 날은 너무 힘들어서 근처 사는 친구에게 털어놓았는데, 친구는 왜 나까지 힘들게 하냐고 말했다. 오래된 친구니까 잘 들어줄 거라 생각했던 건 모두 착각이었다. 아마 그때부터 책을 읽었던 것 같다. <죄와 벌>,

<이방인>, <자기 앞의 생>. 주로 우울한 소설을 읽었는데, 절망적인 주인공의 삶을 보다 보면 내 인생이 그래도 살만해 보였다. 신기하게도 나는 조금씩 충전되고 있었다.

출퇴근길 소설을 읽는 시간은 하루를 즐겁게 해 주었다. 주변 사람들에게 책을 추천해주는 것도 소소한 보람이 되었고. 매일 아침 읽고 있는 소설을 사무실 책상에 올려 두었던 것은 어쩌면 부적의 역할을 했을지도 모른다. '오늘도 무탈하게.'

"일에 도움이 좀 되는 걸 읽는 게 어때요?" 회사 대표의 조언이 날아온 건 그때였다. 대표는 내가 늦깎이 문학소년이 될까 걱정된다고 했다. 이상했다. 얼른 웃고 넘겨야 하는데 웃음이 안 나왔다. 그걸 넘어 걸쭉한 분노가 올라왔다. '네가 뭔데.' 다음 날, 회사에 도착하기 전 소설책을 가방에 넣었다. 그리고 책상 위에 자기 계발서를 올려놓았다. 오래전부터 대표가 추천한 책이었다.

결국 시간이 지나 퇴사를 결심했을 때, 나는 무언가 큰 것을 잃어버린 느낌이 들었다. 정확하진 않지만 큰 건 확실했다. 일단 여행을 떠났다. 메타세콰이아 길 앞에서 셀카를 찍고 친구들이랑 밤새 맥주도 먹었다. 두 달이 지났다. 애써 외면한 현실은 고속도로를 타고 찾아왔다. '슬슬 다시 취업해야 하는데 …' 나는 습관처럼 다시 책을 집었다. <오베라는 남자>라는 책이었다.

출퇴근 길, 소설을 읽는 게 좋았다. 다 합쳐서 2시간 좀 넘는 시간으로 나는 하루를 버티게 하는 원동력을 얻곤 했다. 하지만 그렇게 작아서 일까. 나는 더 쉽게 포기했었다. 언제든 다시 할 수 있다며 미뤘던 이 순간이, 사실 내 삶을 지탱해주고 있었는데 말이다.

요즘 다시 소설을 읽기 시작했다. 한동안 스마트폰에 빠져 살아서인지 하루에 얼마 읽지도 못한다. 어떤 책은 한 권 읽는데 거의 보름이 걸리기도 하고. 그래도 이 시간이 좋다. 내일도 모레도 내년도 내 인생엔 행복보다 불행이 더 많을 테지만, 이 시간을 통해 알 수 있다.

나는 언제든 작고 잦게 행복해질 수 있다.

그럼에도 불구하고

부처님은 이렇게 말씀하셨다고 한다. "인생은 고통의 바다(苦海)다." 21살, 동아리에서 갔던 템플스테이 설교시간에 그 말을 들은 나는 고개를 끄덕거리지 않을 수가 없었다. 고등학교, 대학교는 기독교 미션스쿨을 다녔고, 친한 친구들 대부분이 천주교였지만, 나는 이제야 내가 찾던 종교를 만난 사람처럼 스님의 말씀에 고개를 격하게 끄덕거렸다.

나에게는 이상하리만큼 좋은 일보다는 안 좋은 일이, 즐거운 일보단 슬픈 일이 더 많이 일어났다. 그건 당연히 내가 선택한 일도 아니었고, 딱히 내 잘못으로 일어난 일도 아니었다. 그냥 정말 이상하리만큼 계속 발생할 뿐이었다. 그래서인지 어릴 때부터 긍정적인 생각보다는 부정적인 생각을 주로 했다. 좋게 생각하다가 뒤통수를 맞는 것보다, 나쁘게 생각하다가 '거봐 그럴 줄 알았어' 라고 생각하는 편이 덜 비참한 것 같기도 했다. 이러나저러나 힘든 건 사실이지만 말이다.

그래도 지금만큼은 불행과 고통 같은 것들을 내 전문분야라고 말해보고 싶다. 행복해지는 방법은 몰라도 힘들 때 나아지는 방법에 대해서는 아는 게 조금 있기 때문이다. 그중 내가 가장 좋아하는 방법에 대해 소개해보고 싶다. 이 방법을 쓴 게 정확히 언제부터인지는 모르겠지만, 나는 불행한 일이 일어나면 눈을 감고 이 주문을 외우곤 했다. '그럼에도 불구하고'

그럼에도 불구하고를 초록창에 검색해보면, 이런 사전적 의미가 나온다. '비록 사실은 그러하지만 그것과는 상관없이.' 나는 소설책에서도 이 단어가 나오는 순간을 좋아했다. 앞에 아무리 암담한 상황이 와도 결말이 달라질 수 있다는 기대가 생겼기 때문이다. 그리고 소설 속 주인공들은 그 상황을 자신의 의지로 헤쳐나갔다. '그럼에도 불구하고 아무것도 하지 않았다.'라는 이상한 문장으로 끝이 나는 경우는 없었다.

어린 시절부터 나에게 갑자기 들이닥친 불행들은 내가 막을 힘이 없었다. 그럴 때마다 나는 눈을 감고 뒤에 그 단어가 오는 상상을 했다. 그러면 모든 걸 그만두고 싶다가도, 이대로 끝낼 순 없다는 마음이 올라오곤 했다. 그 주문은 뼛속까지 부정적이던 어린 시절의 내가 할 수 있는 가장 긍정적인 주문이기도 했다.

지금이야 속상할 땐 노래도 듣고, 슬픈 영화도 보지만, 어렸을 때의 나는 할 수 있는 게 없었다. 아무 돈도 들이지 않으면서 이 자리에서 당장 나아지게 해 줄 것이 필요했었다. 슬프지만 이 주문은 앞으로도 계속 함께하게 될 것 같다. 이 프로젝트 기간 동안 잠시 잊고 있었지만, 부처님의 말처럼 불행은 끊이지 않고 찾아올 것이기 때문이다. 그래도 나는 그문장을 이렇게 끝맺고 싶다.

어린 시절은 불행한 일의 연속이었으며 커서도 불행의 연속이었다.

그럼에도 불구하고,
나는 계속해서 행복해지려는 시도를 멈추지 않았다.

준비해 놓으면 분명 쓸 데가 있을 거예요

Q. 다가올 불행을 대비할 나만의 방법

2호 : 저도 책 몇 권 추천해주세요.
저 책 읽는 거 진짜 좋아하거든요.

1호 : 그래요? 그럼, <노란 잠수함> 읽어 봤어요?

2호 : 아뇨.

1호 : 그럼, <아몬드>는요?

2호 : 아뇨.

1호: … 그럼 <곰탕>은…?

2호 : 그만.

마지막 질문
아직 다 못한 이야기

"태수 씨, 저 하나만 더 얘기해도 되나요?
마지막으로 하고 싶은 얘기가 있어서요."

옆 집 할머니 이야기

초등학교 4학년, 나는 엘리베이터를 타고 평소처럼 집으로 가는 13층 버튼을 눌렀다. 그때 옆에 탄 할아버지가 말을 걸었다.

"옆집에 성격 더러운 할머니 살지?"

나는 대답을 못했다. 옆집에는 젊은 부부가 살았고, 그 성격 더러운 할머니는 우리 집에 살고 있었기 때문이다. 내가 하고 싶은 마지막 이야기는 나의 할머니에 관한 기억이다.

13층에 사는 성질 더러운 우리 할머니, '나는 나로 이미 살고 있다' 라는 책이 있다면, 우리 할머니는 정말 표지모델로 적합한 사람이었다. 노인정 할아버지들과도 싸우기를 두려워하지 않았으며, 누구에게도 뜻을

굽히지 않았다. 나는 어릴 때 집에 도둑이 드는 걸 상상하면 그냥 할머니 옆에 꼭 붙어있는 내 모습을 상상했다. 그럼 안정이 찾아왔다. 할머니는 내게 꽤 든든한 존재였다.

그런 할머니가 아프기 시작한 건 고등학교 2학년쯤이었다. 아빠의 일이 잘 풀리지 않아 살던 곳에서 좀 떨어진 곳으로 이사를 가게 되었는데, 그때부터 할머니는 치매 증상을 앓았다.

치매라는 병은 그전에 할머니가 어떤 사람이었는지를 모두 잊게 만들었다. 나는 치매 앞에서 화를 참으려는 노력 같은 건 아무 힘이 없다는 걸 알게 되었다. 할머니는 정말로 제멋대로였다. 어떤 날은 말도 안 하고 버스를 갑자기 타고 사라지기도 하고, 눈이 펑펑 오는 날 가족들 몰래 밖에 나갔다가 미끄러져서 집 앞에 쓰러져 있기도 했다.

오빠랑 엄마는 그 당시 집이 어려워져서 밤이면 식당에서 일해야 했다. 나는 고3이었다. 학교에서 공부가 끝나고 돌아오면 할머니와 둘이 시간을 보내야 했다. 공부 중인 내게 할머니는 잠이 안 온다며 등을 두드려 달라고 소리 질렀다. 할머니가 치매면 나도 고3이다. 그 핑계로 할머니를 받아주지 않았다. 할머니를 방에서 내쫓고 방문을 걸어 잠갔다. 아무리 소리 질러도 방문을 열지 않았다. 엄마한테 한 번도 잘해주지 않았으면서, 아프고 나니 엄마만 찾는 것도 보기 싫었다. 내가 알던 할머니는 더 이상 없었다. 내가 싫어하는 행동만 하는 사람이 집에 있었다.

나는 대학생이 되었고, 할머니는 더 이상 말을 하지 않았다. 그냥 방에 누워 눈만 깜빡거렸다. 걷지 못한 지 오래되어 몸은 야위어 갔다. 할머니는 이미 아픈 사람인데도 가끔씩 더 아픈 날이 있었다. 그런 날엔 입원과 퇴원을 반복했다. 어느 날 엄마가 할머니가 오늘 아프신 것 같다며 신경을 써야 한다고 말했다. 나는 "하 내일이 중간고사인데.. 그만 좀 아프지." 라고 말했다.

중간고사 공부를 하려다가 아까 했던 말이 신경 쓰였다. 좀 미안했다. 할머니 얼굴 한 번만 보고 공부해야지 했었다. 할머니 방에 들어갔다. 뭔가 이상했다. 나는 더듬거리면서 엄마를 불렀다. 엎드려서 할머니 심장에 귀를 댔다. 쿵쿵 소리가 들렸다. 달려오는 엄마에게 아니라고 말했다. 아니라고 말하면서도 너무 이상했다. 잡고 있는 할머니 몸이 차가웠다. 나는 다시 한번 귀를 댔다. 미친 듯이 귀에 울리는 쿵쿵거리는 소리는 할머니 꺼가 아니었다. 할머니에게선 아무런 소리가 나지 않았다. 우리 할머니는 그렇게 소리도 없이 돌아가셨다.

"내일이 중간고사인데, 그만 좀 아프지." 이 말은 내가 할머니가 돌아가시기 전 앞에서 한 마지막 말이 되었다.

장례식이 진행되는 동안 나는 한 번도 울지 않았다. 울 자격도 없기 때문에 울지 않았다. 아빠가 할머니가 그래도 널 많이 좋아했다며 어떤 얘기를 해줬다. 몇 개월 전 할머니가 정신 드셨을 적에 남은 돈으로 내 첫 대학 등록금을 다 내줬었다고 했다. 돈을 구하지 못하던 아빠의 자존심이 상할까 봐 비밀로 하기로 했었다고 했다. 나는 그 말을 듣고 더 울 수 없어졌다. 나도 그 날이 기억났다.

할머니가 내게 우리 손녀 무슨 대학에 붙었냐고 물어봤었다. 나는 원하던 대학에 가지 못했다. 말하면 알기나 하냐고 할머니를 쏘아붙였었다. 그런 말을 듣고도 등록금을 내주는 할머니는 무척 행복해 보였다고 한다. 그동안 열심히 아낀 돈 손녀 대학 등록금을 내줄 수 있어서 좋아했다고 한다.

그때의 내가 어려서 할머니에게 못했다고 말하고 싶지 않다. 나는 앞에서 썼다시피 조숙한 아이였다. 친구들에게는 실수로도 그런 식으로 말을 해본 적이 없다. 몰라서가 아니라 알면서도 그렇게 했다. 할머니는 그래도 되는 사람이기 때문에 그렇게 했다.

이 얘기만큼은 한 번도 정말 한 번도 남에게 한 적이 없다. 다른 것들은 내가 불쌍해서 말하지 못했다면, 이것 만큼은 내가 봐도 내가 너무 못돼서 하지 못했다. 할머니가 돌아가신 이후로 할머니 얘기로 울거나, 보고 싶다고 말하지 않았다. 나는 그럴 자격이 없다.

여전히 이 얘기를 할 자격이 없다는 것을 안다. 그러나 살다 보면 어디에라도 말하지 않으면 안 될 것 같은 순간이 온다. 말할 자격이 없어도 말해보고, 슬퍼할 자격이 없어도 슬퍼해보고 싶었다. 단 한 번이라도 말이다. 그래도 입 밖으로 꺼낼 자신이 없어서 맨 마지막이 되어서야 이 얘기를 쓴다.

이 글을 쓰며 모자를 챙겨 오지 않은 것을 후회했다. 옆으로 사람들이 지나다니는 데도 눈물이 계속 났다. 자격이 있어야만 울 수 있는 게 아니라는 걸 깨닫기까지 아주 오랜 시간이 걸렸다.

정말 마지막입니다. 다 못한 이야기가 있나요?

Q. 아직 다 못한 이야기

내가 찾은 1cm 다이빙

"문정 씨, 우리 프로젝트도 이제 끝났는데
마지막으로 정리해보면 어때요?
그냥 끝내면 또 까먹을 것 같아요."

1호의 1cm 다이빙 리스트

1. 숨이 다 찰 때까지 수영 하기

2. 코인 노래방 가서 김연우 - 이별택시 부르기

3. 지하철 타고 가다 우연히 한강 보기

4. 거대한 양푼에 간장 계란밥 해 먹기

5. LP 턴테이블 앞에서 홍차 마시는 상상하기

6. 나쁜 놈한테 당하고 내 탓하지 않기

7. 동네 친구들과 '그땐 그랬지' 하며 과거 추억하기

8. 8090 옛날 노래 따라 부르기

9. 재미있는 소설책 읽기 그리고 추천하기

10. 고양이 뒤통수 쓰담 쓰담하고 엉덩이 토닥이기

11. 1년에 한 번 내 생일 파티 하기

12. 혼자 글 쓰고 쿡쿡대기

13. 겨울날 미리 켜 둔 전기장판에 집에 오자마자 들어가기

2호의 1cm 다이빙 리스트

1. 스트레스 받을 땐 10m 달리기

2. 카트라이더 들어가서 미사일 쏘기

3. 강판에 슥슥 갈아서 감자전 해 먹기

4. 친구들 만나면 1cm 다이빙에 나오는 질문하기

5. 이상은 - 비밀의 화원 듣기

6. 점심 메뉴 아주 적극적으로 정하기

7. '그럼에도 불구하고!' 라고 외치기

8. 80세에 기타 신동이 된 내 모습 상상하기

9. 만화방 가서 홈런볼 먹으면서 만화책 보기

10. 맥주 마시면서 해리포터 보기

11. 친구네 강아지(봄,여름이)랑 영상 통화하기

12. 가족들과 소주 한 병 나눠 먹고 취하기

13. 잊고 싶던 기억은 이제, 글로 쓰고 털어버리기

3호의 1cm 다이빙 리스트

Q. 당신이 찾은 1cm 다이빙

다 끝나고 보는 설명서

1. 이 책은 우리뿐 아니라, 당신의 인생이 조금이라도
행복해지길 바라는 마음에서 만들어졌다.

2. 질문에 답하는 일이 당신을 힘들 게 한다면 쓰지 않아도 좋다.
읽기만 해도 괜찮다면 그것으로도 충분하다.

3. 그렇지만 한 번 떠올려 봤으면 좋겠다. '나는 어땠지?' 그 생각
하나만으로도 인생의 많은 부분이 달라질 수 있다고 우린 믿는다.

4. 적고 싶지만 어떻게 적어야 할지 모르겠는 질문이 있다면 친구랑 대화해보자. 부모님과 해봐도 좋고.

5. 마지막으로 선물용으로 이만한 게 없…

에필로그

1cm 다이빙

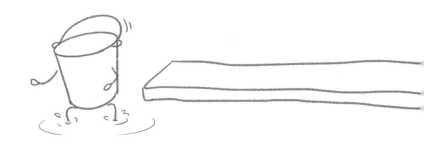

서른 살에 1cm 다이빙

영화 <범죄도시>에서 장첸은 처음 보는 타 조폭에게 이런 대사를 던진다. "야, 면상이 좋구나?" 의미는 다르지만 요즘 내가 가장 많이 듣는 말도 비슷하다. "요새 얼굴 많이 좋아졌네."

이 프로젝트를 진행하면서 돈을 아끼고 아꼈지만, 그래도 나간 돈이 꽤 된다. 5,700원짜리 점심을 먹고 1,000원짜리 추가 볶음밥을 포기했지만 통장 잔고는 프로젝트 시작 전에 비해 많이 비어 버렸다. 거기다 책까지 인쇄해야 되니 이만저만 걱정스러운 게 아니었다.

물론 그래서 그 시간들이 싫었냐고 물어본다면 당연히 아니라고 말하겠다. 나이가 들수록 젊은 시절을 그리워하는 이유와 비슷하다. 이 프로젝트 기간 동안 나는 참 젊게 살았다. 불량식품 사 먹을 돈 500원이 없어서 그네 밑을 뒤졌던 그 시절처럼 작은 것에 행복해했고 웃었다. 물론 아주 저렴하게 말이다.

이런 시간을 또 가질 수 있을까. 아마 지금만큼은 불가능할 거다. 나는 또다시 직장에 들어가 원하는 삶보다는 원치 않은 삶을 더 살게 될 테니 말이다. 하지만 그럴 때면 이 책에 적어 놓은 나의 행복 비법들을 하나씩 실행하려 한다. 우울한 날에는 소설책을 읽고 열 받는 날에는 코인 노래방에 가서 고음 발라드를 질러 버리겠다. 또 가끔은 친구들과 맥주 한 잔을 하며 추억을 곱씹기도 할 거고 말이다.

서른 살은 모두에게 큰 의미가 있는 나이다. 치기 어린 마음을 놓아줘야 하는 시기이기 때문이다. 하지만 다행히도 나는 이번 생의 서른 살을 기쁘게 기억할 수 있을 것 같다. 서른이 된 올해 나는 12살 아이처럼 치기 어렸고 궁상맞았지만 순수했다. 어쩌면 마지막이 될지도 모르는 이 순수함을 놓치지 않고 잡아채서 다행이다.

이제 나는 또 다른 삶을 살아갈 거다. 하지만 10년 뒤라면 또 모른다. 마흔이 된 나는 또다시 문정 씨에게 전화를 걸어 말하지 않을까?

"문정 씨, 이번엔 더 재미있는 아이디어가 생각났는데요… 이번에도 같이 해볼래요?"

라스트 프로젝트

나는 지금 이 프로젝트의 마지막 도전을 앞두고 있다. 이곳은 미용실. 미용실 의자에 앉은 나는 거울을 뚫어지게 쳐다보다가 말했다. "단발로 자르려고 왔는데요."

그동안은 계속 긴 머리를 고수했다. 매일 아침 무거운 머리를 말릴 때마다 잘라내고 싶은 충동이 올라왔지만, 26년 동안 한 번도 짧게 자르지 못한 것은 긴 머리가 얼굴을 조금이라도 가려줄 것이라는 착각 때문이었다. 하지만 내게는 이 프로젝트를 하며 새로 생긴 마법의 주문이 있다. 그 주문과 함께라면 어떤 도전도 두려울 게 없었다.

'더 나빠질 것도 없잖아.'

프로젝트의 시작이 되었던 그 말은 그 이후에 모든 도전을 할 때마다 각오의 한마디이자, 무적의 주문이 되어주었다.

'생각보다 더 나빠질 게 있었구나…'라는 생각이 든 건 그로부터 10분 후였다. 잘려 나간 머리를 보며 생각했다. 무적의 주문이라는 말은 취소다.

슬픈 얘기는 뒤로 하고, 정들었던 프로젝트와 작별인사를 해야 할 시간이 왔다. 그동안 많은 것이 변했다. 남의 기분만 챙길 줄 알던 내가 내 기분을 부지런히 챙긴다. 유치하지만 '우울할 때 나를 달래 줄 방법 BEST 10' 같은 것도 가지고 있다. 일이 잘 풀리지 않아 힘들던 날에 태수 씨는 "퇴근하고 빨리 수영하러 가야겠어요!"라고 말했고, 나도 "저는 그럼 지하철에서 소설 읽고, 정류장에서 좀 뛰어서 들어가야겠어요!"라고 대답했다. 누군가에겐 당연하고, 그게 별건가 싶을 변화가 우리에게만큼은 너무 반갑고 소중하다.

어린 시절의 나는 생각했다. 불행에도 총량이 있을 거라고. 묵묵히 견뎌내고 견뎌 내다 보면 언젠가 그 지독한 것들도 잦아들고, 조금 행복해질 수도 있을 거라고. 가족들의 눈을 피해 들어갔던 화장실, 어두운 방 머리끝까지 덮어쓰고 있던 이불속에서 사실은 그런 순간을 내내 기다려왔다.

그러나 이 프로젝트를 시작하고 어느 날 아침, 문득 그런 생각이 들었다.

'내 행복을 도대체 왜 다른 사람이 챙겨주길 바랐던 거지? 가만히 기다렸으면 큰일 날 뻔했잖아.'

어쩌면 나는 일찍이 철든 척은 다하고 살았지만, 울지 않고 기다리면 산타가 선물을 준다는 어른들의 말을 가장 오랫동안 믿은 바보일지도 모르겠다.

이렇게 팍팍한 세상 속에서 행복에 대한 이야기가 얼마나 힘이 없을지 잘 알고 있다. 그래서 여기까지 프로젝트를 함께 지켜봐 준 누군가가 있다면 고맙다는 말을 꼭 전하고 싶다. 그리고 이 여정에 나를 초대해준 태수 씨에게도 고맙다는 말을 전하고 싶다.

인생에서 가장 살아있는 것 같은 한 달이 지났다. 후회는 없다. 없는데, 이 정도 모험은 살면서 한 번이면 될 것 같아서 만약 태수 씨에게 전화가 걸려온다면 그땐 고민 없이 거절 버튼을 누르겠다.

그런데 아마 다시 전화를 걸어서 말할 거 같다.
"그래서 무슨 아이디어인데요?"

Bonus.
찌질의 역사

"태수 씨 이대로 끝내기 아쉬운데…
혹시 찌질했던 기억 있어요?"

"저 있어요! 많아요! 들어볼래요?"

"네?"

우리 형

2,000년대는 늑대의 유혹, 말죽거리 잔혹사로 점철되는 학원 쾌남의 시대였다. 한창 혈기 왕성한 중고생들은 당시 트렌드에 맞게 눈만 마주쳐도 결투가 시작되었는데, 나는 그중에서도 중심. 마계 인천의 중학생이었다. 당시 인천은 그야말로 대격투의 시대였다. 영화에서 보는 것처럼 학기초엔 하루에도 몇 번씩 싸움이 일어나고 끝나고를 반복했다. 물론 대부분 말싸움에서 끝났지만 말이다.

그때 나는 먹이사슬 하층부에 속했다. 당시 좌우명이 모두에게 강해질 수 없다면, 모두에게 약해지자 였으니 굳이 더 말할 필요가 없을 것이다. 하지만 그런 나에게도 치명적인 약점이 존재했다. 바로 눈이 안 좋았다는 것이다. 눈은 안 좋지만 안경은 쓰기 싫었던 나는 멀리 있는 사람을 확인하기 위해 필히 인상을 찡그려야 했다. 그리고 이것만큼 일진

들에게 좋은 먹잇감은 없었다.

하지만 교회 가는 길에 당할 줄은 정말 꿈에도 몰랐다. 그날은 누나가 사준 옷을 빼 입고 교회를 가는 길이었다. 반대편에선 누가 봐도 불량한 거친 형들이 다가오고 있었다.

두 분 다 힘의 상징인 샤기컷의 소유자였다. 아디다스 4대 저지라 불리는 cccp 저지에 하늘색 스트라이프 나팔바지를 입고 있던 형은 야무지게 나를 노려봤다. 동공에서 마저 땀이 날 것 같았다. 하지만 굴복하지 않았다. 나에겐 눈이 좋지 않다는 핑계가 있다. 나는 끝까지 눈을 내리지 않았다.

사무치는 긴장 속에서 우린 서로의 어깨를 스치며 가로질러갔다. 다행이다. 나는 그대로 빠르게 걷기 시작했고 몇 걸음 지나지 않아 익숙한 음성이 들려왔다.

"야!"
"네?" 나는 그만 존댓말을 해버렸다.
"뭘 갈구냐?"
"저 안 갈궜는데요. 제가 눈이 안 좋아서 원래 찡그리면서 사람을 봐요." 나는 쓸데없이 구체적이었다.
"따라와."
"어, 저 진짜예요. 저 진짜 안 갈궜어요..."

내비도 없던 시대, 그분들은 단 한 번도 헷갈리지 않고 으슥한 곳을 찾아냈다. 4층짜리 빌라가 야무지게 가려주고 있는 골목이었다. 일단 따귀부터 두 방 올려졌다. 아팠다. 너무 아파서 도망치고 싶었는데 그럴 수가 없었다. 두 분의 합이 어찌나 좋은 지 한 명이 때리자마자 다른 한 명이 야 애를 왜 때려 하며 보듬어 줬다. 온탕과 냉탕을 순식간에 오가는 기분이었다. 이제 다시 냉탕의 차례였다.

"야, 신발 벗어봐."
"어, 이거 누나가 사준 거라 안돼요…"
"벗어봐 이 새끼야. 누가 가져간대. 좀 빌려 쓰자고."
"진짜… 진짜 안돼요." 나는 왜 눈을 내리지 않았던 걸까. 내 까짓 게 자존심이 어디 있다고. 온몸에서 후회가 터져 나왔다. 제발 누가 나 좀 구해줘. 나는 교회에서 해야 할 기도를 이곳에서 하고 있었다. 그때였다.

"야!" 골목 옆 빌라 2층에서 담배를 피우던 형이었다. 히어로라기보다는 악당보다 더 악당 같은 형이었다. 더 악당은 말했다. "튀어와."

온탕과 냉탕은 익숙한 듯 올라갔다. 고민됐다. 난 피해자인데…

내 고민이 보였는지 올라가던 온탕이 입모양으로 말했다. "가." 뒤이어 나도 입모양으로 답했다.

"감사합니다." 나는 전속력으로 집까지 질주했다.

15년 전 내 이불 킥의 근원이 된 이날은 어느새 술안주 중 하나가 되었다. 어디까지 찌질해봤냐라는 질문이 나오면 나는 이때를 회상하곤 한다. 모두가 웃는다. 찌질한 기억도 추억이 될 수 있다니. 새삼 나이를 먹은 게 느껴졌다. 그런데 요즘은 그날을 떠올리며 이런 생각을 한다.

그때 그 형들⋯ 정말 형이었을까?

- 1cm 다이빙 마침

1cm 다이빙

1판 1쇄 발행 2020년 1월 21일
1판 19쇄 발행 2023년 4월 25일

지은이   장태수, 조문정
일러스트 장광영

펴낸이   김봉기
출판총괄 임형준
디자인   럭키핑거스_장광영
마케팅   선민영, 최은지

펴낸곳   FIKA[피카]
주소   서울시 강남구 삼성동 154-11 M타워 3층
전화   02-3476-6656
팩스   02-6203-0551
이메일   fika@fikabook.io
등록   2018년 7월 6일 (제 2018-000216호)

ISBN   979-11-90299-06-0